VERDREHTER THERAPEUT

DOMINIERENDE BEGIERDEN 1

MAHI MISTRY

Verdrehter Therapeut

Veröffentlicht von Mahi Mistry
Cover-Design von GetCovers

Für Anastasia gewidmet. Du bist ein Schatz.

ERHALTE DIRTY WILD SULTAN KOSTENLOS

Er ist meine einzige Chance auf Freiheit.
Sie ist die Tochter meines Feindes.
Wird ihre Liebe überleben?
»Ich bitte dich, mich zu heiraten.«
»Bittest du oder befiehlst du, Sultan?«
»Ich bitte, Prinzessin.« Ich lächelte sie an.
»Vorerst.«

Um Dirty Wild Sultan, eine heiße royale Liebesgeschichte mit Zweckehe, sofort zu erhalten, melde dich für Mahis Newsletter an unter mahimistry.com

1
JA, PAPA
IVY

Ich war nass.

Komplett durchgeweicht.

Es musste ausgerechnet heute regnen. Vielleicht spiegelte das Wetter meine Gefühle wider.

Mein Finger drückte auf die Türklingel, während ich wünschte, mein Bruder würde sich beeilen. Nasse Pfützen bildeten sich um meine Füße, als kaltes Wasser von den Spitzen meiner dunklen Haare tropfte und über mein Gesicht lief. Ich wusste, dass die Mascara, die ich am Morgen aufgetragen hatte, ruiniert war, und meine Augen waren geschwollen und rot.

»Hayden!«, schniefte ich, fuhr mir mit der Hand übers Gesicht und drückte wieder und wieder auf die Türklingel. »Beeil dich, bitte!«

Dumm. Ich war so dumm. Vielleicht verdiente ich es, weil ich so ein naiver Idiot war.

Der Regen prasselte weiter auf die Veranda und durchnässte das frisch gemähte Gras. Der Duft von feuchter Erde und Gras tröstete mich, während ich vor dem Haus meines Bruders in San Diego stand. Er hatte mir gesagt, dass er hier sein würde, hoffentlich mit Zara, seiner Verlobten, meiner besten Freundin und Prinzessin von Azmia, die hochschwanger war. Sie würden in ein paar Monaten in Azmia heiraten und wollten ihre Freunde und Familie besuchen.

Ich brauchte eine Umarmung von meinem älteren Bruder und wollte hören, wie er über dumme Jungs fluchte und mich verhätschelte, wie er es immer tat, wenn ich traurig war. Ich wollte hören, wie er über seine Arbeit als Navy Seal sprach, über Azmia und sein Leben als angehender Prinz. Sehr passend zu unserem Nachnamen.

»Hayden!«, rief ich, meine Stimme belegt. »Mach auf. Endlich, ich dachte du würdest— *oh.*«

Meine Lippen öffneten sich, als ich vor gemeißelten Bauchmuskeln stand, über deren Konturen Wasser rann. Der Regen wurde von den Umgebungsgeräuschen gedämpft, während mein Blick über die gemeißelte Brust wanderte und mein Mund trocken wurde. Ich leckte mir die Lippen und hob meinen Blick von starken Schlüsselbeinen, einem zum Anlecken einladenden Adamsapfel, über den markanten Kiefer und die verlockenden Lippen zu *sehr vertrauten* donnernden grauen Augen.

»*Petal*«, flüsterte er, seine Augen wanderten über mein Gesicht, wobei er mich mit dem Spitznamen rief, den er benutzte, seit er mich kannte.

Meine Augen huschten hinunter zu dem weißen Handtuch, das um seine Hüfte gewickelt war, und verweilten viel zu lange auf dem perfekten V seiner Hüftknochen. Die kurze Spur dunkler Haare, die unter dem Handtuch verschwand, machte mich neugierig, erzeugte ein seltsames Ziehen zwischen meinen Beinen und ließ meine Wangen warm werden.

Er ist der beste Freund deines Bruders, Ivy. Hol deinen Kopf aus diesen schmutzigen Fantasien.

Aber ich konnte nicht. Ich hatte für sein symmetrisches

Gesicht geschwärmt, seit dem Tag, als er mich huckepack nach Hause trug und bei mir blieb, bis Hayden mein verletztes Knie verbunden hatte.

»Aiden.« Ich leckte mir die Lippen, meine Kehle war trocken. »Ich wusste nicht, dass du hier sein würdest.«

»Ich hab dich vermisst...« Seine Augen wurden weicher, bevor er meine durchnässten Klamotten bemerkte und seine große, warme Hand um meinen Arm legte und mich hineinzog. »Komm rein, du wirst noch krank.«

Ich zitterte, nicht wegen der Kälte, sondern wegen seiner Berührung, die durch meine Haut brannte. Seine Augen verdunkelten sich, als meine über die Muskeln seines Körpers wanderten – wie sich die Deltamuskeln seines Rückens anspannten und entspannten, als er meinen Koffer hineinzog. Nur mit einem Handtuch bekleidet.

Ich könnte auch seinen Hintern begutachtet haben.

Mit brennenden Wangen schaute ich weg in den leeren Flur, der mit unseren Bilderrahmen an der Wand gefüllt war. »Wo ist Hayden? Ich dachte, er wäre inzwischen zu Hause.«

»Er hat es dir nicht gesagt?«, fragte er, sein Körper näher an meinem. »Zara hat eine Grippe bekommen, sie kommen erst nächsten Monat.«

Ich runzelte die Stirn: »Geht es Zara gut?«

»Wenn es ernst wäre, wüsste ich es, Petal. Mach dir keine Sorgen.« Natürlich würde er es wissen. Neben der Tatsache, dass er Haydens bester Freund war, war er ein brillanter Psychiater, der vielen Soldaten und Navy-Seal-Offizieren mit PTBS oder Ähnlichem half.

Aber zu hören, dass ich meinen Bruder erst in ein paar Wochen treffen würde, machte mich traurig. Ich versuchte, meine Enttäuschung zu verbergen und verschränkte die Arme.

Seine stürmischen Augen fielen auf meine Brust, und er räusperte sich. »Bleib hier. Ich hole dir ein Handtuch.«

Er ging an mir vorbei, direkt zum Zimmer, wobei er die Tür nur angelehnt ließ. Ich sah an mir herunter und zuckte vor Entsetzen zusammen. Mein hautfarbener BH war durch das dünne Baumwolltop, das ich am Morgen angezogen hatte, sichtbar, meine kalten Brustwarzen zeichneten sich durch den nassen Stoff ab.

Ich versuchte, sie so gut wie möglich mit meinen langen Haaren zu bedecken, als Aiden zurückkam und mir das Handtuch reichte, wobei seine große Gestalt über mir aufragte. Er hatte sich umgezogen in ein schwarzes T-Shirt – *schade* – und eine graue Jogginghose, seine Füße waren nackt. Es war etwas Seltsames daran, ihn so zu sehen, mit seinen feuchten, zurückgekämmten Haaren und dem gedämpften Licht, das Schatten auf sein markantes Gesicht warf.

Als ich jung war und er in der Highschool, hatte ich ihn immer in Hosen und Hemden gesehen. Nach ein paar Jahren, als ich in der Highschool war und er mit seiner Arbeit als Therapeut beschäftigt war, sah ich ihn selten in etwas anderem als in steifen Hemden und Anzügen, die sich über seine breiten Schultern spannten, und Hosen, die seine langen Beine bedeckten.

Aiden trat näher, seine Hände trockneten sanft mein nasses Haar mit einem trockenen Handtuch. Er roch so gut. Nach moschusartigem, süßem Parfüm und etwas Scharfem. Ich wollte näher treten und mein Gesicht an seiner Brust vergraben, einen langen Atemzug nehmen und ihn umarmen.

Aber ich tat es nicht, weil ich nicht wie ein Welpe wirken wollte.

Seine Stimme war leise, als er sagte: »Ich bleibe hier, bis ich ein Haus in der Nähe finde. Ich wusste nicht, dass du so bald von der Uni zurück sein würdest.«

Richtig. Der Grund, warum ich durchnässt war, mit

Mascara, die mein Gesicht hinunterlief, und dem ständigen Schmerz in meinem Herzen.

Bilder von Jason im Bett mit Amanda blitzten in meinem Kopf auf, ließen meine Augen brennen und meinen Magen schwer werden. War ich so naiv, dass ich nicht wusste, dass Jason mich die Hälfte des Jahres betrogen hatte, in dem wir in einer Beziehung waren? Wahrscheinlich. Amanda, meine Freundin und Mitbewohnerin im Wohnheim, und Jason, mein jetzt-Ex-Freund, waren oft zusammen, und ich hielt ihre Beziehung für platonisch und vertraute beiden.

Ich kam so schnell wie möglich mit einem Koffer nach Hause.

»Ja«, räusperte ich mich und schaute auf meine durchnässten *Chihiros Reise ins Zauberland*-Socken, die Zara mir gekauft hatte. So fühlte ich mich. Wie eine nasse Socke. »Es sind Dinge passiert und ich...«

Kopfschüttelnd brach ich ab und sah zu ihm auf. »Ich hätte nie gedacht, dass ich dich so bald treffen würde.«

Seine Lippen verzogen sich. Nach all den Jahren wusste ich, dass das bedeutete, er war glücklich. »Ich auch nicht.« Er trat zurück und sagte: »Ich... ich musste Denver verlassen und hierher kommen.«

Ich runzelte die Stirn und wartete darauf, dass er mehr sagte, aber keiner von uns wollte so reden, im Flur stehend, nachdem wir uns jahrelang nicht von Angesicht zu Angesicht getroffen hatten.

Ich nahm einen scharfen Atemzug, als er eine nasse Haarsträhne hinter mein Ohr strich. »Ich weiß, dass er dich zum Weinen gebracht hat, Petal.« Seine Augen verhärteten sich, als er mich anstarrte, als könnte er mich wie ein Gedicht lesen. »Aber wir werden darüber reden, was dieser Scheißkerl getan hat, um dich zum Weinen zu bringen, nachdem du eine heiße Dusche genommen hast.«

Ich schluckte den Kloß in meinem Hals hinunter und

konnte seinen durchdringenden Blick nicht erwidern. Ich muss verrückt sein, seinen herrischen Ton heiß zu finden. Aber meine Brust wurde warm, als ich *diesen* Ton hörte. Aiden benutzte ihn immer bei mir, um mich dazu zu bringen, pünktlich zu essen, wenn er bei uns übernachtete, mir zu sagen, ich solle vorsichtig sein, wenn ich Zwiebeln schnitt, und meine Hände unter den Wasserhahn zu halten, wenn ich mir in den Finger schnitt, meinen Abschlussballpartner missbilligte und mir sagte, ich solle nicht zur Afterparty gehen.

Ich wünschte, ich hätte auf ihn gehört, denn ich hatte *ihn* angerufen, nicht meinen Bruder, um zwei Uhr morgens auf der Afterparty des Abschlussballs. Weinend und fragend, ob er mich abholen könnte. Er hatte mir sogar seinen Hoodie gegeben, den ich nie zurückgab, und kaufte mir am frühen Morgen Eis.

Er hatte mich nicht ein einziges Mal mit seinem hab's-dir-ja-gesagt-Blick verspottet, sondern kümmerte sich einfach um mich, wenn ich jemanden brauchte.

Ich hätte nicht gedacht, dass er wieder in mein Leben treten würde, als Jason mir das Herz brach.

»Ja, *Papa*«, neckte ich, als ich an ihm vorbeiging, wobei seine Fingerknöchel meinen Arm streiften.

Ich zitterte, bekam Gänsehaut und eilte die Treppe hinauf in mein Zimmer, als ich spürte, dass er mich beobachtete. Hayden hatte darauf bestanden, dass ich ein eigenes Zimmer in seinem Haus habe, weil er wollte, dass ich ihn öfter besuche. Nachdem er nach Azmia gezogen war, hatte er mir die Schlüssel gegeben, aber ich hatte im Wohnheim gewohnt, um geselliger zu sein.

Alles war noch gleich. Mit beigefarbenen Wänden, einem Einzelbett in der Ecke mit einem Metallkopfteil, weißen Spitzenvorhängen um das Bett, Lichterketten an allen Wänden, die über Audrey Hepburns Poster hingen, meinem halb leeren Kleiderschrank, einer Kommode mit Spiegel und einem Bücherregal voller Fantasybücher und meinen Kuscheltieren aus der Kindheit.

Ich fuhr mit dem Finger über den Bilderrahmen von uns dreien. Ich, mein Bruder und Aiden, als ich ein Kind war. Da er elf Jahre älter war als ich, konnte ich nicht viel mit ihnen abhängen, aber wenn ich es tat, behandelten sie mich wie ihresgleichen. Ich lächelte schüchtern in die Kamera, weil ich mit dreizehn unsicher wegen meiner Zahnspange war, meine dunklen Haare in zwei Zöpfen, mein fliederfarbenes Kleid flatterte im Wind. Hayden grinste, seine blaugrauen Augen so hell wie der Ozean hinter uns im Hintergrund. Meine Augen wanderten zu Aiden, der Person, für die ich schwärmte, seit ich sechs war.

Seine Augen waren klar, durchdringend grau, er blickte mit ernstem Gesicht in die Kamera, seine pechschwarzen Haare perfekt verstrubbelt, als wäre er gerade aus dem Bett gestiegen, eine Haarsträhne fiel über seine Stirn und berührte seine dunkle, scharfe Augenbraue. Sein Mundwinkel kräuselte sich nur ein bisschen. Er war amüsiert und glücklich. Ich wusste es, obwohl manche denken würden, er sähe gelangweilt aus. Nachdem ich ihn all diese Jahre kannte, wusste ich, dass er in diesem Moment glücklich wirkte. Ich schaute auf seinen Arm, seine Hand drückte gegen meine Schulter, eine freundschaftliche Geste, aber sie ließ meinen Magen flattern, wie er es tat, als ich dreizehn war.

Dumm. Das war ich. Dumm und naiv, dass jemand wie er, wie Aiden, jemals die Gefühle erwidern würde, die ich seit unserem ersten Treffen in mir trug. Er war klug und souverän, behandelte seine Patienten mit Freundlichkeit und wurde für seine ehrenamtliche Arbeit in Krankenhäusern ausgezeichnet. Als einer der besten Therapeuten in Kalifornien war er in seiner Community nichts weniger als ein Star. Im Vergleich zu ihm war ich ein einundzwanzigjähriges

Mädchen, dem das Herz gebrochen wurde, weil es Jasons faule Ausreden nicht durchschauen konnte.

Ich schnaubte und streifte meine durchnässten Klamotten ab, ging direkt ins angrenzende Badezimmer. Ich würde eine warme Dusche, etwas zu essen und etwas Alkohol brauchen, um zu reden, meinen Bruder anzurufen und ein Gespräch mit Aiden zu führen.

2
ES WIRD SICH NICHT VON SELBST ABLECKEN

AIDEN

Es gibt Momente in meinem Leben, in denen ich mir wünschte, nicht ich selbst zu sein, Aiden Stone. Wie zum Beispiel, als ich die Tür öffnete und Ivy, meine kleine Blüte, nach so langer Zeit wiedersah. Mein erster Gedanke, als ich sie sah, war: '*Das muss ein Traum sein.*' Ein sehr seltsamer Traum. In dem ihre Kleidung durchnässt war und wie eine zweite Haut an ihren Kurven klebte, ihr schokoladenbraunes Haar vor Nässe triefte, ihre strahlend blauen Augen rot und geschwollen waren und ihr Mascara die Wangen hinunterlief. Mein zweiter Gedanke war, dass sie geweint hatte, und ich wollte demjenigen, der sie zum Weinen gebracht hatte, schreckliche Dinge antun.

Als ich siebzehn war, hatte ich sie mal auf einen Baum im Park klettern sehen, ihre Augen leuchtend und mit einem breiten Grinsen, während sie ganz nach oben kletterte. Ich beobachtete das junge Mädchen misstrauisch, als ich im Park war. Sie fiel, wie ich es vermutet hatte. Ich dachte nicht, dass sie allein war, aber leider war sie es. Also half ich ihr. Vorsichtig nahm ich sie huckepack, ihre Arme um meinen

Hals geschlungen. Ich brachte sie nach Hause, während sie mir die Adresse ins Ohr schniefte und an meinem Hemd festhielt, als ob ich es wagen würde, sie fallen zu lassen. Ich traf Hayden zum ersten Mal, ein auffälliges Ebenbild seiner kleinen Schwester mit kantigen Gesichtszügen, ozeanblauen Augen und dunklem Haar. Er wurde blass, als er das blutende Knie seiner kleinen Schwester sah, und klebte sanft das *Hello Kitty*-Pflaster auf, während ich ihr einen Bonbon anbot, um sie abzulenken.

Ich hatte sie aufwachsen sehen, hatte gesehen, wie sie ihre Zahnspange bekam und sie wieder losgeworden war, hatte ihr Lieblingsdonuts gekauft, als sie ihre erste Periode bekam, hatte zugehört, als sie über ihren unbeholfenen ersten Kuss unter den Tribünen sprach, weil sie zu ängstlich war, mit Hayden darüber zu reden oder von ihren Freunden in Verlegenheit gebracht zu werden. Ich hatte sie von ihrer Abschlussballfeier abgeholt, ihr meinen Hoodie gegeben und ihr um drei Uhr morgens Eis gekauft. Ich hatte sie zum Abschied umarmt, als ich mit ihrem Bruder zu seinem Einsatz und zu meiner Arbeit aufbrach, in der Hoffnung, dass sie auf sich aufpassen würde.

Ich sorgte mich um Ivy. Meine kleine Blüte. Deshalb würde ich demjenigen, diesem Mistkerl, der sie zum Weinen gebracht hatte, schreckliche Dinge antun.

Und deshalb war es auch unglücklich, dass mein dritter Gedanke so völlig anders war als die ersten beiden. Ich hasste es, ich selbst zu sein, wenn ich *anders* an sie dachte. Ich war wirklich ein Sadist, weil ich von ihren roten, tränenden Augen erregt wurde. Alles, woran ich denken konnte, war, meine Faust in ihrem Haar zu vergraben und ihre himmelblauen Augen mit Tränen des Schmerzes und der Lust glänzen zu sehen, vernebelt vor Verlangen, aber mir vertrauend, dass ich mich um sie und ihre Bedürfnisse kümmern würde. Wie sie auf den Knien wäre, mit meinen

Händen an ihrem Gesicht, während ich diese schmollenden Lippen ficke-

»Verdammt«, stieß ich aus, schluckte den Kloß in meinem Hals und starrte verärgert auf die Halberektion in meiner Jogginghose. Ich musste aufhören, an sie zu denken.

Was nicht passieren wird, wenn sie unter demselben Dach ist, duscht, ganz nass und nackt-

Ich schloss meine Augen und dachte an all die Methoden, mit denen ich meinen Patienten bei ihrer Angst half. Ich nahm vier tiefe Atemzüge. Nachdem ich meinen Kopf von all den schmutzigen Gedanken befreit hatte, erstellte ich eine Liste, warum ich niemals an besagte schmutzige Gedanken denken sollte.

1. Sie ist Ivy Knight.

2. Sie ist Hayden Knights kleine Schwester, die Schwester meines besten Freundes, und er würde mich im Arktischen Ozean versenken, wenn er jemals von diesen Gedanken erführe.

3. Sie ist jung. Elf Jahre jünger als ich.

4. Sie denkt wahrscheinlich an mich wie an einen älteren Bruder.

5. Habe ich erwähnt, dass sie mit Hayden Knight verwandt ist? Der Person, die mich umbringen kann und wird, wenn ich jemals daran denke, sie unangemessen zu berühren.

Ja, diese Liste war gut und sollte mich jedes Mal daran erinnern, wenn mein Blut in den Süden rauscht. Aber es war der vierte Punkt, der mir wirklich Angst machte. Ich wusste, dass ich übermäßig beschützend ihr gegenüber gewesen war, als wir jung waren – das war ich immer noch, aber ich meinte es nie in brüderlicher Weise. Nein, ich wollte nur nicht, dass sie verletzt wurde. Ich wollte mich um sie kümmern. Aber nicht so, wie es ein Geschwisterteil tut.

Als wüsste er, dass ich an ihn dachte, rief Hayden mich

an. Ich nahm nach einem weiteren Klingeln ab und hörte ihn sagen: »Hey, Arschloch. Vermisst du deine Lieblingsperson?«

»Hallo auch dir, Liebling«, sagte ich, während ich die rote Soße umrührte und mich dafür hasste, dass sich meine Mundwinkel leicht bewegten. Hayden Knight war ein Schmerz im Hintern, aber er war mein enger Freund. Wir wurden oft für Brüder gehalten, aber bei genauerem Hinsehen war klar, dass unsere Augen nicht übereinstimmten und er charmanter war, wenn es darum ging, uns aus einer Situation herauszureden. »Warum um alles in der Welt sollte ich ausgerechnet dich vermissen? Eigentlich bin ich froh, dass deine Prinzessin aus Azmian dich aus San Diego entführt hat und in ihrem Palast gefangen hält.«

Ich hörte ein Rascheln und eine sanfte weibliche Stimme. »Aw, Aiden! Ich wusste, dass du mich heimlich magst, unter all dieser 'Ich hasse alle, Menschen sind dumm'-Maske!« Ich schüttelte den Kopf, als ich hörte, wie Zara Knight Latif, die Prinzessin von Azmia und die Verlobte meines besten Freundes, versuchte, meine Stimme nachzuahmen.

»Warum bist du aus dem Bett?«, fragte Hayden sie, und für einen Moment hörte ich nur schlechten Empfang und raschelnde Kleidung. »Du hättest mich rufen sollen, ich hätte-«

Zara ließ ihn nicht ausreden. »Aiden, sag deinem Freund, dass ich nicht umfalle, sobald er wegschaut.«

»Du wärst auf deinen Bauch gefallen, wenn du darauf geachtet hättest, wohin du läufst.«

»Ich würde gerne sehen, wohin ich laufe, aber ich kann meine Füße nicht sehen, du Arsch.«

»Dann nimm meine Hand, ich bin dafür da-«

Ich räusperte mich und beobachtete den Dampf, der von den Nudeln in der Pfanne aufstieg. »So gern ich euch beiden beim Streiten zuhören würde, muss ich dir etwas sagen, Hayden.«

»Ich lasse euch Jungs allein.«

Hayden rief ihr nach, als sie wegging: »Bitte nimm einen Wächter mit!«

Mein Herz wurde schwer, als ich sie liebevoll streiten hörte. Hayden hatte das Leben der Prinzessin von Azmia gerettet, ihr Sicherheit, Fürsorge und Liebe für ihre Verlobung versprochen und tat sein Bestes, um ein guter Vater für sein zukünftiges Kind und ein guter Ehemann zu sein, wenn sie heiraten würden.

Hayden, der Mann, der sich durch die Hälfte der Single-Frauen von San Diego gevögelt hatte, erwartete jetzt ein Kind und heiratete die Frau, die er einmal getroffen hatte und der er zwei Jahre lang hinterhergetrauert hatte, so sehr, dass er nicht einmal mit jemand anderem flirtete. Es war ungewöhnlich für ihn, so lange enthaltsam zu bleiben. Er war völlig vernarrt.

»Alles gut?«

Ich hörte ihn seufzen. »Schwangerschaft ist eine harte Sache.«

Ich lachte, »Sag bloß.«

»Ich meine es ernst. All ihre Stimmungsschwankungen beeinflussen mich, und ich weiß nicht, was es ist, aber ich kann es nicht ertragen, wenn jemand sie ansieht, wenn sie schwanger ist mit meinem Kind-«

»Du hast zu viele Fantasy-Romanzen gelesen-«

Ich konnte sein Grinsen hören, als er antwortete: »Vielleicht. Zayed hat mich gebeten, eine zu lesen, und jetzt bin ich süchtig.« Zayed war der Scheich von Azmia und sein guter Freund. »Wie auch immer, wie war das Date?«

»Date?« Ich kniff mir in den Nasenrücken und erinnerte mich daran, wie die letzte Nacht verlaufen war, als ich in San Diego angekommen war. Der teure Wein, das Dessert und ein Hotelzimmer. »Es lief gut, denke ich. Ein One-Night-Stand. Aber das ist nicht wichtig, ich muss dir etwas sagen-«

»War es so schlimm?«, fragte er von der anderen Leitung, während etwas raschelte.

»Hayden«, sagte ich, und er wusste, dass es ernst war, wenn ich seinen Namen aussprach. Ich schaltete den Herd aus und lehnte mich an die Kücheninsel zurück. »Ich bin in deinem Haus, und du wirst nicht glauben, wer an der Tür aufgetaucht ist.«

»Addison im Trenchcoat?«

Als ich den Namen meiner Ex hörte, verlor ich meinen Appetit. Wenn sie so aufgetaucht wäre, was sie nie tun würde, hätte ich ihr die Tür vor dem Gesicht zugeschlossen.

»Das würde sie nie tun.« Ich seufzte. »Es war deine Schwester mit einem Koffer. Sie hat geweint. Ich glaube, etwas ist passiert mit ihrem Freun-«

»Geht es ihr gut? Sollte ich zurückkommen - warte, lass mich das Ticket überprüfen-«

»Hayden, sie ist einundzwanzig. Sie kann auf sich selbst aufpassen... und ich bin auch hier.«

Er antwortete für ein paar Momente nicht. Ich hielt den Atem an.

»Ja, ich vertraue dir natürlich«, seufzte er. Ich ballte meine Hand zur Faust. Noch ein Grund, mich dafür zu hassen, auch nur ansatzweise eine Anziehung zu seiner Schwester zu verspüren. »Ich werde sehen, ob ich zurückkommen kann, aber ich brauche dich, um mit ihr zu reden, Aiden.«

»Natürlich werde ich mit ihr reden-«

»Nein, Aiden«, er pausierte. »Ich meinte, als Therapeut.«

»Was meinst du?«

»Du weißt, wie es war, als Mama ging. Als *wir* gingen. Sie ist nicht mehr sie selbst, seit sie an die Uni gegangen ist. Mit Zara hier hat sie ihre engste beste Freundin verloren, und ich habe versucht, mit ihr zu reden, sie zu sehen, aber ich brauche deine Hilfe. Ich will nicht, dass sie sich unsicher fühlt. Wenn du kannst, möchte ich, dass du mit ihr redest, ihr ein paar Therapiesitzungen gibst. Wenn nicht du, dann jemand anderes.«

Ich wusste, was er meinte. Ihre Mutter hatte sich von ihrem Vater scheiden lassen und war gegangen. Ihr Vater konnte mit dem plötzlichen Verlust nicht fertig werden und ignorierte beide Kinder. Hayden war in der Oberstufe, aber Ivy war kaum sechs Jahre alt und hatte niemanden. Beide hatten versucht, eine Bindung miteinander aufzubauen, aber sie hatte nie eine Elternfigur in ihrem Leben gehabt, und das könnte sie beeinflusst haben. Ganz zu schweigen von dem unsicheren Teil. Sie war schön und kurvig, aber als Therapeut wusste ich seit langem, dass selbst die schönste Person der Erde sich vor dem Spiegel anders sah.

»Ich werde mich um sie kümmern.« Ich klemmte das Telefon in meiner Hand fest und sagte: »Du musst dir keine Sorgen machen.«

»Danke. Ich werde Ivy heute Abend anrufen. Bis bald.«

»Du auch«, antwortete ich und beendete das Gespräch. Während ich auf die gekochten Spaghetti starrte, stieß ich einen Seufzer aus und fuhr mir mit der Hand durch die Haare.

Sein Anruf war eine lebendige Erinnerung daran, dass ich nicht denken sollte an-

»Hast du das für mich gekocht?«

Ivy trug denselben verdammten Hoodie, den ich ihr in der Abschlussballnacht gegeben hatte. *Es wird sich nicht von selbst ablecken*, stand in fetten weißen Buchstaben darauf. Ich fragte mich, ob sie wusste, was das bedeutete. Hayden würde mich schlagen, wenn er wüsste, dass ich seiner Schwester *diesen* Hoodie gegeben hatte. Seiner kleinen Schwester, die nur den Hoodie trug, dessen Saum bis zu ihren cremigen, üppigen Oberschenkeln reichte.

Ich leckte mir über die Lippen, drehte ihr den Rücken zu

und versuchte, nicht darüber nachzudenken, ob sie unter diesem Hoodie überhaupt etwas anhatte.

»Du solltest es essen, bevor es kalt wird«, sagte ich und servierte die heißen Spaghetti mit roter Soße. Ich stellte den Teller auf den Tisch und zog einen Stuhl für sie heraus, bedeutete ihr, sich zu setzen, während meine Nase sich mit dem süßen, blumigen Duft ihres Shampoos füllte.

»Mit wem hast du gesprochen?«, fragte sie, während sie die Gabel um die Pasta drehte und aß. »War es Hayden?«

Ich erzählte ihr von seinem Anruf, von Zara und wie er sie bald anrufen würde und dass sie für eine Weile im Haus bleiben sollte, bis die Universitätskurse wieder anfangen und sie ins Wohnheim zurückkehren muss. Nachdem ich nach ihrer Wirtschaftsschule gefragt hatte, brachte ich den Hauptpunkt zur Sprache, den ich mit ihr besprechen wollte.

»Warum hast du dieses Nachdenk-Gesicht auf?«, fragte Ivy mit einem kleinen Lächeln, während sie die Teller in die Spülmaschine stellte.

Es gelang mir, meine Augen auf ihr Gesicht zu richten und nicht auf ihre nackten Oberschenkel. Oder wie fantastisch ihre Brust in dem Hoodie aussah. *Sie trägt definitiv keinen BH.* »Nachdenk-Gesicht?«

Sie nickte, ihr Finger schwebte über meinen Augen und meinem Mund. Ich ignorierte den Drang, sie näher zu ziehen, ihr Handgelenk zu packen und selbst nachzusehen, ob sie unter diesem verdammten Hoodie etwas trug.

»Deine Augenbrauen sind zusammengezogen und du hast dieses dunkle Glitzern in deinen Augen, wann immer du nachdenkst«, sagte Ivy mit leichter Stimme. Ihre blauen Augen wanderten zu meinem Mund. Nach drei Sekunden sah sie weg und leckte sich über die Lippen.

Ich dachte nicht, dass es klug wäre, ihr zu sagen, dass das mein Ich-will-dich-über-meinen-Schoß-legen-und-nachsehen-ob-du-unter-meinem-Hoodie-nackt-bist-und-dich-wie-die-freche-Göre-die-du-bist-versohlen-Blick war.

»Ich habe deinem Bruder zugestimmt, dass ich ein paar Sitzungen mit dir haben werde«, sagte ich, hielt ihr Handgelenk fest und zog es von meinem Gesicht weg, damit ich ihr in die Augen sehen konnte. Ihr Puls schlug wild unter meinem Daumen.

»Sitzungen?«, hauchte sie.

Freches. Verdammtes. Mädchen.

Mein Mundwinkel kräuselte sich. »Nicht diese Art von Sitzungen, du freche kleine Blüte«, säuselte ich und rieb langsam meinen Daumen über ihren Puls. »Therapiesitzungen.«

»Ich habe nichts gedacht.« Ihre Wangen nahmen den lieblichsten Rosaton an. »Therapiesitzungen? Was? Du wirst dann mein Therapeut sein?«

»Ja, Blüte.« Ich ließ ihr Handgelenk los und stand auf, überragte sie mühelos, als sie den Kopf hob, um mich anzusehen. »Ich werde dein Therapeut sein, und du wirst meine Patientin sein.« Ich sagte die Worte, die ich vor ihr nie wie ein Pornostar sagen würde, der sie gleich über den Esstisch beugen würde.

Und wie zu Beginn jedes Pornos stotterte sie und blinzelte mich mit großen Rehaugen an.

»Aber ich bin...«, sie verstummte.

Ich hob meine Augenbraue und fuhr fort: »Wenn du nach der morgigen Sitzung nicht mit mir im selben Raum sitzen willst, werden Hayden oder ich dich nicht wieder belästigen, Ivy. Gib mir einen Tag, eine Stunde.«

Ihre schlanke Kehle bewegte sich, als sie zu mir aufblinzelte. Ich hielt die Zügel meiner schmutzigen Gedanken und beobachtete, wie ihr Gesicht weicher wurde, mir zustimmend, wie ich wusste, dass sie es tun würde.

»Okay, ich werde eine Sitzung mit dir haben«, flüsterte sie.

Ich verbarg mein Lächeln.

Braves. Verdammtes. Mädchen.

3
BENUTZE DEINE ZUNGE
IVY

»Ich sage dir, es ist nichts passiert, Ivy«, näselte Jason ins Handy, während ich im Hintergrund ein kleines Kichern hörte.

Mein Herz schmerzte, nicht wegen ihm, sondern wegen mir, die auf seinen Charme hereingefallen war. »Ihr wart beide nackt und habt euch auf unserem Bett geküsst. Habt mehr als nur geküsst und du erzählst mir, nichts sei passiert?«

Meine Hände ballten sich zu Fäusten, in der Hoffnung, dass meine Stimme gleichmäßig blieb und nicht zitterte. Es fiel mir bei Konflikten immer schwer, mich zu äußern, aber die letzten zwei Wochen Therapie mit Aiden, oder wie ich ihn während der Sitzungen gerne nannte - Doktor Aiden, hatten viel geholfen.

»Du irrst dich-«

»Ich muss los. Hör auf, mich anzurufen.«

Ich hörte ihn schnauben, als ich gerade dabei war, das Gespräch zu beenden. »Was auch immer, du bist sowieso fett.«

Ich biss mir auf die Unterlippe und zwang die Tränen

zurück. Ich war bereits zu spät für die Sitzung und wollte meine Zeit nicht damit verschwenden, über das nachzudenken, was mein Ex am Ende gesagt hatte.

»Entschuldigung, ich hatte einen Anruf«, sagte ich und schloss die Tür hinter mir. Ich blickte auf die gemütliche hellblaue Couch und setzte mich wie immer in die Mitte, ohne seinen Blick zu erwidern. Denn ich wusste, er würde merken, dass etwas passiert war, und er würde mich bitten, darüber zu reden - über ihn, und das konnte ich nicht.

Seine Praxis war überhaupt nicht so, wie ich sie mir vorgestellt hatte. Sie war minimalistisch und gemütlich, mit seinen Zertifikaten und verschiedenen Auszeichnungen an der Wand hinter seinem Schreibtisch. Das Bücherregal umfasste einige Bücher sowie Antiquitäten und Kunsthandwerk, die ihm seine Patienten geschenkt hatten. Auf dem Kaffeetisch zwischen den beiden einander zugewandten Sofas lagen immer Süßigkeiten, herzhafte Snacks, Taschentücher und eine Kerze.

Seine obsidiandunklen Augen beobachteten mich durch die dünn gerahmte Brille, die ihn eigentlich nicht noch attraktiver machen sollte, als er ohnehin schon war. Aber sie tat es. Es war unfair, wie köstlich heiß er darin aussah. Sie ließ mich näher kommen und ihm die Brille abnehmen wollen, um zu sehen, was er tun würde. Sein Haar war zurückgekämmt, sein Stoppelbart über seinem markanten Kiefer ordentlich gestutzt. Ein knackiges graues Hemd spannte sich über seinen breiten Schultern, die Ärmel über seinen Unterarmen hochgekrempelt, und die Adern an seinen Armen bewegten sich kaum merklich, wenn er etwas in sein Tagebuch schrieb.

Ich leckte mir über die trockenen Lippen.

Die verfluchte Brillenfassung, die auf seiner starken, spitzen Nase saß, seine weichen Lippen zu einer dünnen Linie gepresst, ließ ihn aussehen wie die Hauptfigur in einem

Highschool-Pornovideo. Schlimmer noch, ich konnte ihn mir als strengen, heißen Lehrer vorstellen, der eine Schülerin über seinem Schoß bestraft-

Meine mentale Pornografie mit dem Mann mir gegenüber in der Hauptrolle kam zu einem abrupten Ende, als er fragte: »Wer hat angerufen?«

Während ich meine Hand über meinen fließenden weißen Rock strich, log ich: »Oh, d-das war nichts Wichtiges.«

Aidens Augen verengten sich, mein Blick fixierte seine Hände. Seine langen Finger schlossen das Tagebuch, als er von seinem Stuhl hinter dem Schreibtisch aufstand und zum kleinen Sofa mir gegenüber schritt. Seine Bewegungen waren anmutig, selbstsicher.

Wenn ich versuchen würde, so zu gehen, ohne auf den Boden zu schauen, würde ich mit dem Schuh im Teppich hängenbleiben und stolpern.

»Du bist immer noch eine schreckliche Lügnerin, kleine Blüte«, sagte er mit seiner sanften Stimme, seine Beine spreizten sich, als er sich setzte. Ein spektakuläres Bild eines souveränen Gentlemans, mit einem Notizblock auf dem Schenkel und einem Stift.

Ich war eine schreckliche Person, weil ich diesen Notizblock beneidete.

»Ich bin nicht mehr klein«, widersprach ich schwach.

Im Vergleich zu *ihm* fühlte ich mich klein und winzig. Es lag nicht daran, dass er groß war oder mehr als ein Jahrzehnt älter als ich. Es war etwas ganz anderes, das mir Schauer über den Rücken jagte und meinen Herzschlag beschleunigte. Die Art, wie er sich präsentierte, und die umgebende Luft, die immer mit etwas aufgeladen war, das mich einschüchterte, seit ich ihn das erste Mal getroffen hatte.

»Ich bin jetzt einundzwanzig.« Ich hob mein Kinn ein wenig an. »Ich bin eine erwachsene Frau.«

Aiden lächelte, als wüsste er, wie klein ich mich in seiner Nähe fühlte. Dass mein Alter nichts damit zu tun hatte. Er bewegte sich, schlug ein Bein über das andere, seine glänzenden schwarzen Schuhe schimmerten im Licht seines Büros.

Ich schluckte den Kloß in meinem Hals hinunter, als er über seine Brille schielte und sagte: »Wir werden am Ende über diesen Anruf sprechen. Erzähl mir von deinem Tag.«

Ich begann, deutlich entspannter als am ersten Tag. Zu Beginn der ersten Sitzung war ich wie eingefroren und angespannt, aber Aiden war wunderbar. Er hörte mir zu, sein Gesichtsausdruck war unbewegt und beruhigte mich dennoch, alles laut auszusprechen. Über meine wahren Gefühle, als Mama wegging, die emotionale Distanz zu meinem Vater, wie einsam ich mich fühlte, als Hayden für sein Studium und dann für die Arbeit wegziehen musste. Wie ich gemobbt wurde und wie unbeholfen ich war, wenn es darum ging, neue Freunde zu finden. Wie anders Jason mich hatte fühlen lassen.

Seine Mundwinkel zuckten jedes Mal, wenn ich Jason erwähnte, meinen Ex-Freund, als ob er eine Art Abneigung gegen ihn hätte. Ich kannte diesen Gesichtsausdruck gut, weil er dasselbe Gesicht machte, wenn wir Meeresfrüchte aßen. *Er hasst Meeresfrüchte. Heißt das, er hasst auch Jason?*

»Und wie fühlst du dich jetzt?« fragte er, nahm seine Brille ab und richtete seine Augen auf mich.

»Besser.« Ich blinzelte, wusste nicht, wie ich es in Worte fassen sollte. Also blieb ich bei: »Viel besser als damals, als ich mit Jason Schluss gemacht habe.«

Seine Lippen zuckten wieder. »Hm, hast du deine Aufgaben gemacht?«

Die Aufgaben umfassten kleine tägliche Rätsel und Affirmationen, die er mich gebeten hatte, jeden Tag zu machen. Besonders nach dem Ende jeder Sitzung, um meine Gefühle besser zu verstehen. Ich schätzte seine heimlichen Lächeln, wenn er mich nach unserem Abendessen an der Kücheninsel dabei erwischte. Insgeheim machte ich es für sein Lächeln. Ich wollte ihm gefallen. Ich genoss es, die Aufgaben zu machen, über mich selbst nachzudenken und Tag für Tag durch Selbstbetrachtung herauszufinden, was ich wollte. Es gab mir mehr Klarheit, Sicherheit und Akzeptanz dafür, wer ich als Person war. Ich genoss es auch, Aiden zu gefallen, ihn wegen mir zum Lächeln zu bringen.

Am schwierigsten waren allerdings die Affirmationen bezüglich meines Körpers und meines Selbstbildes. Es war schwierig, aber jetzt konnte ich sie machen, ohne zu weinen und zu denken, dass ich es nicht verdiene, schön genannt zu werden. Ich machte Fortschritte und fühlte mich besser wegen des gutaussehenden Mannes, der mir gegenübersaß. Und wenn ich ihm das sagen würde, würde er mir sagen, dass ich das alles allein erreicht habe und er mir nur den Weg gezeigt hat.

»Ja, Sir«, sagte ich und strahlte ihn stolz an.

Mein Herz stolperte, als sein Blick zu mir flackerte, ein dunkles Glitzern in seinen Augen, nachdem er meine Antwort gehört hatte. Ich durchforstete meine Gedanken und fragte mich, ob ich etwas Falsches gesagt hatte. Ich wollte ihn nicht enttäuschen, indem ich etwas Falsches sagte - aber andererseits kannte er in nur wenigen Tagen alle guten und hässlichen Seiten an mir.

»Gut«, antwortete er und räusperte sich. »Bevor wir diese Sitzung beenden, möchte ich dich zu diesem Telefonat befragen.«

Der Ton seiner Stimme hatte sich verändert. Er war kein professioneller Therapeut mehr, er war der beste Freund meines Bruders. Ein besorgter bester Freund meines Bruders.

Ich hasste es. Denn ich wusste, dass er trotz meiner

Schwärmerei für ihn nur die alberne kleine Schwester seines Freundes in mir sehen konnte. Nie etwas anderes.

Meine Hände verkrampften sich und ich sagte: »Das geht dich nichts an, Aiden.«

Er antwortete einige Momente lang nicht. Ich hielt den Atem an und zählte jede Sekunde. Ich schwöre, ich konnte spüren, wie der Druck im Raum zunahm und auf meine Haut in diesem hell-luftigen Raum drückte, der Frieden und Sicherheit ausstrahlte. Aber jetzt fühlte er sich schwer an... und beängstigend. Beängstigend auf eine gute Art. Es war Vorfreude, die durch meine Adern brannte, mein Herzschlag mit jeder Sekunde schneller wurde.

»Ist das eine Art, deinen Mund vor mir zu benutzen, Blüte?« fragte Aiden, seine Stimme dröhnte durch meine Knochen, liebkoste die innersten Teile von mir, als er sich zurücklehnte. Arroganz und etwas schrecklich Erregendes ging von ihm aus. Es umhüllte meinen Körper, ließ mich brennen und weckte in mir den Wunsch, schreckliche Dinge für ihn zu tun-

Ich hätte meinen Rucksack nehmen und aus dem Raum stürzen sollen, wenn ich schlauer gewesen wäre. Aber das war ich nicht. Ich wollte mit eigenen Augen sehen, wie er reagieren würde.

Ich neigte meinen Kopf und hörte mich selbst sagen: »Willst du sehen, wie ich meinen Mund benutze, Doktor Aiden?«

Seine Augen wurden dunkler, fast onyxfarben, trotz der Helligkeit des Raumes. Er öffnete seinen Mund, um zu antworten, aber mein Telefon klingelte mit einem schrillen Klingelton. Es war eine der Regeln, es auf lautlos zu stellen, aber ich hatte es heute nach dem Gespräch mit Jason vor der Sitzung vergessen.

»Er ist es, oder?« fragte er, als ich die Anrufer-ID überprüfte.

»Es tut mir leid, aber ich muss den-«

Ich starrte mit offenem Mund, als er mir das Telefon aus der Hand nahm und den Anruf annahm, indem er es an sein Ohr drückte. Meine Augen verrieten mich für einen Moment und wanderten über seine muskulösen, starken Oberschenkel, wie perfekt seine Hose saß. Besonders dieser Hintern-

Konzentrier dich, Ivy!

Tue ich doch.

Nicht auf seinen Hintern.

»Nein, du verdammter Idiot. Hab wenigstens den Anstand zuzugeben, dass du sie betrogen hast«, blaffte Aiden.

Meine Augen weiteten sich, als ich Jasons Stimme auf der anderen Seite des Anrufs hörte, eine Ader pochte an Aidens Hals. Er schien wütend zu sein. Ich hatte ihn noch nie so gesehen.

Seine Augen flackerten für einen Moment zu mir. Mit zusammengebissenem Kiefer antwortete er: »Zum Glück bin ich nicht wie du, also werde ich deine vulgäre Frage nicht beantworten. Stattdessen solltest du diese Gehirnzellen nutzen, um über deine Lebensentscheidungen nachzudenken, die dich hierher gebracht haben. Du rufst das süßeste Mädchen an, das du die Ehre hattest zu daten, nachdem du sie betrogen hast, und bettelst, dass sie dich zurücknimmt. Tu dir einen Gefallen und wag es nicht, sie wieder anzurufen.«

Ich starrte immer noch, als er das Gespräch beendete, vermutlich seine Nummer blockierte und mir das Telefon zurückgab. Schnell schloss ich meinen Mund, als Aidens Gesicht vor meinem erschien, nur wenige Zentimeter von mir entfernt. Ich konnte sein Parfüm riechen, den scharfen, moschusartigen männlichen Duft, der mich dazu brachte, mich näher lehnen und meine Nase gegen seinen Hemdkragen drücken zu wollen.

Seine Augen fielen auf meine Lippen, als ich sie befeuchtete. Ich hielt den Atem an, als sein warmer Finger eine Haarsträhne hinter mein Ohr steckte. »Trotz allem, was mich aufhält, kleine Blüte, würde ich liebend gern sehen, wie du diesen hübschen Mund von dir benutzt«, flüsterte er, und mein Bauch zog sich zusammen.

Ich presste meine Oberschenkel zusammen, als er aufstand und einen Schritt zurücktrat, seine durchdringenden dunklen Augen auf mich gerichtet. »Bevor du gehst, nimm das Tagebuch von meinem Schreibtisch und schreib über deine Emotionen und Gefühle.«

Es dauerte einige Momente, bis ich meine Gedanken gesammelt hatte und antwortete: »Du möchtest, dass ich ein Tagebuch führe?«

»Ja, Ivy. Notiere deine täglichen Gedanken. Sobald du aufwachst und bevor du schlafen gehst.« Er setzte sich auf seinen Stuhl und öffnete die Schublade, gab mir ein in schwarzes Leder gebundenes Tagebuch. Ich sah abwechselnd in sein Gesicht und auf das Tagebuch, als er seine Hände faltete und sich auf den Schreibtisch lehnte. »Kannst du das für mich tun?«

Ja, Doktor Aiden. *Soll ich auch knien und deinen Schwanz lutschen?*

Mit einem erröteten Gesicht schalt ich meinen Verstand dafür, in einer so unangemessenen Zeit in die Gosse zu wandern. Ich nahm das Tagebuch und blätterte durch die leeren Seiten.

»Nur meine Gefühle?« fragte ich.

»Was auch immer dich glücklich, traurig, wütend, enttäuscht macht, alles. Ich möchte, dass du darüber schreibst, was dich fühlen lässt. Und bring es nächste Woche mit, okay?«

Das konnte ich tun. Ich konnte jeden Tag und jede Nacht über meine Gefühle schreiben. Ich nickte und steckte das Tagebuch in meine Tasche.

Aiden sagte mit einer viel tieferen und befehlenden Stimme: »Ich habe dich etwas gefragt, Blüte. Benutze deine Zunge und antworte mir.«

Ich blinzelte ihn an, überrascht von der plötzlichen Veränderung in der Luft. »I-ich...« Ich hatte vergessen, was ich sagen wollte. »J-ja, Doktor Aiden. Natürlich, ja, *ähm*. Ich werde das Tagebuch zur nächsten Sitzung mitbringen.« Ich stotterte, und am Zucken in seinem scharfen, mit kleinen Stoppeln bedeckten Kiefer wusste ich, dass er meine Nervosität bemerkt hatte.

»Braves Mädchen.«

4

ICH BIN IMMER FÜR DICH DA, WENN DU ANGST BEKOMMST

IVY

Ich war praktisch aus seinem Büro gesprintet, blamierte mich fast selbst, als ich über meine Schuhe stolperte. Zum Glück fiel ich nicht flach auf mein Gesicht. Da ich wusste, dass er mit seiner Arbeit beschäftigt sein würde, ging ich nach Hause und versuchte, das brennende Gefühl zwischen meinen Beinen zu ignorieren und uns etwas zum Abendessen zu kochen.

Seit zwei Wochen hatten wir eine feste Routine. Er stand früh auf, um ins Fitnessstudio zu gehen und uns Frühstück zu machen. Wenn ich fertig war und gefrühstückt hatte, war er wieder zu Hause, geduscht und bereit in seinem knackigen Hemd und seiner Seidenhose, und machte ein kleines Mittagessen für uns beide. Ich kochte das Abendessen und wir aßen gemeinsam, manchmal riefen wir Hayden und Zara an. Es fühlte sich fast an wie früher.

Mein Magen zog sich nervös zusammen, als ich hörte, wie sich die Haustür öffnete. Noch bevor er die Küche betrat, wusste ich, dass es Aiden war; die Luft wurde dick vor sexueller Spannung, als er mich begrüßte.

»Du bist früh dran«, sagte ich.

Er neigte den Kopf. »Ich hatte keine weiteren Termine. Brauchst du meine Hilfe?«

Ich schüttelte den Kopf. »Du kannst dich frisch machen. Wir können früh zu Abend essen.«

Aiden nickte und öffnete die obersten Knöpfe seines Hemdes. Ich schluckte, während meine Augen gierig die gebräunte, muskulöse Haut aufnahmen. »Wir sollten zusammen einen Film schauen. Es ist schon eine Weile her, dass wir einen Filmabend hatten.«

* * *

DER FILMABEND WAR eine schreckliche Idee.

»Bist du sicher, dass du keine Angst hast?«, fragte Aiden mit leiser Stimme, als das knarrende übernatürliche Geräusch vom Flachbildfernseher weiterging.

Ich hatte meine Augen zusammengekniffen. »Ich habe keine Angst«, log ich jämmerlich, meine Stimme nichts als ein schwaches Wimmern.

Ich hörte ihn irgendwo neben mir auf der Couch seufzen und spürte die warme Decke um meine Schultern. Ich gab einen kleinen Laut von mir, als er mich eng an seine Seite zog, sein Arm hielt mich nah.

»Jetzt kannst du dein Gesicht verstecken, wann immer du willst, kleines Blütenblatt«, säuselte er, seine Lippen küssten mein Haar.

»Hör auf, mich zu bemuttern«, sagte ich, meine Augen fixierten sein Seitenprofil, den scharfen Kiefer, seinen Stoppelbart, die langen Wimpern, die Schatten auf seinen Wangen warfen.

»Dann hör auf, dich wie ein Baby zu benehmen.« Er drehte sich zu mir, mein Herzschlag beschleunigte sich. »Es ist nur ein Horrorfilm. Niemand wird dich heimsuchen.«

Ich glaubte ihm nicht.

Aiden bewegte sich, und ich hielt den Atem an. Nicht wegen des Horrorfilms, sondern weil sich sein Körper so warm an meiner Seite anfühlte. Es war perfekt, die einfache, bequeme Art, wie wir zusammenpassten. Ich presste meine Schenkel zusammen und ignorierte seinen starken, heißen Körper.

»Willst du etwas anderes sehen?«, fragte er, seine Stimme sanft, seine Hand strich behutsam durch mein Haar. Ich wollte mich an ihn drücken und seine Finger durch meine Kopfhaut gleiten lassen.

»Du wolltest diesen Film sehen«, argumentierte ich.

»Weil du ihn ausgesucht hast«, sagte er. »Ich habe dir vorher gesagt, du sollst eine Romanze wählen, aber du hast mir versichert, dass du diesen schauen würdest.«

Aiden hatte Recht. Ich hatte den Horrorfilm ausgesucht, weil ich ihm zeigen wollte, dass ich nicht mehr klein war und... ich wollte ihm gefallen. Ich wusste, dass er es genoss, mit Hayden Horrorfilme zu schauen, wie sie über bestimmte Szenen lachten und sich gegenseitig spöttisch erschreckten. Ich blieb nie auf, um mit ihnen übernatürliche Sachen zu sehen. Es ängstigte mich immer.

Ich schaute zwischen ihm und dem Fernseher hin und her. Bei dem schrecklichen Schockmoment kreischte ich auf, drückte meine Wange gegen Aidens Brust und kniff die Augen zusammen. Sein Arm zog sich fester um mich und ich hörte, wie die Filmmusik stoppte.

»Komm schon, Blütenblatt, du kannst jetzt die Augen öffnen«, sagte er sanft. »Es ist jetzt weg.«

»Versprochen?«

»Ja, ich verspreche es.«

Im Vertrauen auf ihn öffnete ich die Augen und bemerkte, dass der Fernseher ausgeschaltet war. Das Wohnzimmer war dunkel, nur eine schwache gelbe Lampe in der

Ecke des Raumes leuchtete. Ich rutschte zu Aiden und bemerkte, dass ich während der gruseligen Szene auf seinen Schoß gesprungen war.

Seine Augen waren auf mein Gesicht geheftet, seine Hand rieb beruhigend meinen Rücken und ließ mich auf seinem Schoß bleiben. Ich biss mir auf die Lippe, wissend, dass er spüren konnte, dass ich unter dem abgetragenen T-Shirt meines Bruders keinen BH trug.

Scheiße, mein Bruder. Ich hatte vergessen, dass Aiden zuerst der beste Freund meines Bruders war. Er sah mich als seine kleine Schwester an.

»Es tut mir leid«, sagte ich und versuchte, von seinen Oberschenkeln aufzustehen, aber er hielt mich auf.

»Schh, Ivy«, sagte er, sein warmer Atem streifte meine Wangen. »*Bleib*. Ich weiß, dass du Angst hast. Dein Herzschlag hat sich beschleunigt.«

Er hat sich beschleunigt, weil ich auf dem Schoß meines Kindheitscrushes saß.

Ich beschwerte mich nicht, als sich meine Körperseite an seiner starken Brust entspannte. Ich konnte seinen gleichmäßigen Herzschlag hören, den moschusartigen Duft seines Aftershaves riechen. Ich wünschte, ich könnte meine Nase gegen sein T-Shirt drücken und seinen männlichen Duft einatmen. Mit geschlossenen Augen machte ich es mir auf seinem Schoß bequem.

Nach ein paar Augenblicken wachte ich in meinem Bett auf, ich weiß nicht wann. Die Decke bedeckte mich und die Lichterketten waren an. Die Tür zu meinem Schlafzimmer war einen Spalt offen gelassen. Aiden muss-

Der Vorhang des Fensters flog in der Dunkelheit, und mein Herz pochte in meinen Ohren. *Nein*. Heute schlafe ich nicht allein. Ich nahm mein Kissen und schlich auf Zehenspitzen aus meinem Zimmer. In meiner verschlafenen

Benommenheit klopfte ich an die Tür. Er öffnete sie nach wenigen Sekunden und hob mir seine Augenbraue entgegen.

»Ich kann nicht alleine schlafen«, sagte ich verlegen und schaute auf den Boden. »Ich habe Angst bekommen.«

Ich war überrascht, als ich seine Hand an meinem Arm spürte, die mich hineinzog. »Ich weiß, Blütenblatt.« Er brachte mich zu seinem Bett und sagte: »Ich bin immer für dich da, wenn du Angst bekommst.«

Die Laken seines Bettes waren dunkelgrau, als ich mich auf einer Seite niederlegte und mich tiefer in die Kissen kuschelte, die nach ihm rochen. Ich spürte die leichteste Berührung seiner Fingerknöchel an meinen Wangen, als er gute Nacht flüsterte und das Licht ausschaltete. Ich hatte die ganze Nacht keine Angst und schlief wie ein Baby, weil ich wusste, dass Aiden ein paar Zentimeter von mir entfernt schlief. Mich beschützte.

* * *

Ich wachte windend auf. Feuchte Erregung sammelte sich in meiner Unterwäsche, als ich mich im leeren Schlafzimmer von Aiden umsah. Es war sieben Uhr morgens, und ich wusste, dass er im Fitnessstudio sein würde.

Als ich mich zurück auf sein Bett legte, wehte der Geruch von Kiefer und sein Aftershave in meine Nase. Ich spielte die Bilder des feuchten Traums in meinem Kopf ab, seine großen Hände, die meinen Körper streichelten, mir befahlen, meine Aufgaben rechtzeitig zu erledigen und ihm zu zeigen, wie ich meinen Mund an seiner harten Länge benutzte, während er mich lobte und erniedrigte.

Auf meine Lippe beißend, schob ich meine Hand unter meine Pyjamashorts, spürte die feuchte Erregung auf meiner Unterwäsche, bevor ich sie beiseite schob und meinen Finger gegen den schmerzenden Kitzler drückte. Ein kleines

Stöhnen entwich mir. Sein Name lag auf meinen Lippen, als ich wimmerte, zwei Finger in mich schob und mit meiner anderen Hand meine harten Nippel verdrehte.

»Aiden«, flüsterte ich atemlos. »Bitte...«

Ich stöhnte, der Klang meiner Finger, die in mich eintauchten, erregte mich. Ich wünschte, es wären seine Finger, dicker und länger. Seine andere Hand, die meinen Oberschenkel festhielt und mich zwang, stillzuhalten, während er meine Pussy mit seinen Händen und seinem Mund malträtierte, mich überreizte und an den Rand brachte. Ich stellte mir seine befehlende Stimme vor, die in mein Ohr flüsterte, meine Beine weiter zu spreizen und nicht zu kommen, bis er es sagte.

»Bitte fick mich«, wimmerte ich, drückte meine Augen zusammen und wölbte meinen Rücken. Die kühlen Laken erinnerten mich daran, dass ich in seinem Schlafzimmer war, sein Duft überwältigte mich.

Ich biss auf ein Kissen, um mein Stöhnen zu dämpfen, als ich zum Orgasmus kam. Ich atmete laut, starrte an die Decke, während meine Finger mit meinem Saft durchtränkt waren, mein Kern pochte und empfindlich war, meine Nippel rot.

Das war einer der intensivsten Orgasmen, die ich je hatte. Und *so* schnell.

Den Kopf schüttelnd, setzte ich mich auf dem Bett auf, errötete beim Anblick meiner gespreizten Beine vor dem Spiegel. Mein Gesicht war gerötet. Meine Haare waren ein zerzaustes Durcheinander. Ich fragte mich, wie es sich anfühlen würde, seine großen warmen Hände zu haben, die meine empfindlichen Brüste betasteten, seine Finger, die an meinen Nippeln zupften, bis ich vor Schmerz und Lust stöhnte.

Ich bin ein Chaos.

Ich machte das Bett, und stellte sicher, dass meine Erregung keinen Fleck auf den Bettlaken hinterlassen hatte. Ich glättete mein T-Shirt, strich meine Haare zurecht und öffnete die Tür.

Mein Herz rutschte in meinen Magen.

»Aiden...«

5
ICH HASSE LÜGNER
AIDEN

Ich hatte erwartet, Ivy zwischen meinen Kissen und Decken schlafend zu sehen, ihre schmollenden Lippen leicht geöffnet, wie ein süßer Engel.

Was ich nicht erwartet hatte, war ihre sanfte Stimme, die immer wieder meinen Namen flüsterte, mit einem Keuchen dazwischen. Sobald ich nach meinem frühen Training im Fitnessstudio die Treppe hochkam, bereit sie zu wecken, hörte ich ihr Stöhnen.

Ihr sündiges Wimmern zog mich näher zur unverschlossenen Tür, und ich drückte meine Augen zusammen.

»Aiden«, hörte ich ihre atemlose Stimme. *»Bitte…«*

Meine Haut spannte sich an, und das Blut schoss in meinen Schritt. Ich biss die Zähne zusammen und kontrollierte mich mit reiner Willenskraft, als mein Schwanz gegen die Boxershorts drückte und mich drängte, meine Hand zu benutzen. Oder reinzustürmen und ihr zu befehlen, mehr zu betteln. Ihre kleinen verzweifelten Laute zu hören. Mir zu sagen, was sie wollte.

Mein ungezogenes kleines Blütenblatt.

Ich hörte die feuchten Geräusche ihrer Fotze, die vor

Erregung triefte. Mein Atem wurde rau, und ich wollte nichts mehr, als meine Hand um ihren Hals zu legen und meine Hände an ihr zu benutzen. Meine Finger in ihr tropfendes Geschlecht zu stoßen, sie zu würgen, bis sie mich anflehte, zu kommen.

Aber ich würde ihr nicht erlauben zu kommen, bis sie hübsch gebettelt hätte, ihre schmollenden Lippen an mir benutzt hätte. *Verdammt*. Was ich nicht alles tun würde, um ihren warmen Mund um mich zu spüren, ihre blauen Augen, die tränen, wenn ich ihr meinen Schwanz gebe.

»Bitte fick mich.«

Ich atmete scharf aus, als ich ihr gedämpftes Stöhnen hörte. Ich wusste, dass sie gekommen war, in meinem Bett mit ihren Fingern, die mit ihrem Saft bedeckt waren, und so sehr versuchte, ihr Wimmern zu unterdrücken. Ich zählte bis zehn, kontrollierte meinen Atem und zwang meinen Ständer zurück.

Wenn ich meinen Trieben nachgegeben hätte, hätte ich ihren hübschen Hintern über meinen Schoß gelegt, sie versohlt und ihren Hals gefickt, bevor sie mich angebettelt hätte, sie zu ficken. Ich wäre nicht sanft gewesen, ich wäre grob gewesen. Ich wollte das nicht für Ivy.

Niemals mit meinem Blütenblatt. Sie verdiente mehr.

Ich würde viele Stunden brauchen, um ihren Körper zu verehren, die Kurven ihrer Haut mit meiner Zunge und meinen Lippen einzuprägen, bevor ich sie zum Orgasmus bringe und ihr diesen verweigere. Bis sie nichts anderes mehr wäre als ein verzweifeltes, nasses, bedürftiges Blütenblatt. Dann würde ich in sie gleiten, ihren Hals halten, um zu sehen, wie ihre Augen auf mich gerichtet sind, und sie daran erinnern, dass ich es bin, der ihr all den Schmerz und die Lust bereitet.

Als ich das sanfte Rascheln meiner Bettwäsche hörte,

richtete ich mich auf. Einen Moment später öffnete sich die Tür.

Ich blickte in die weiten blauen Augen von Ivy. Sie trug nichts weiter als ein langes T-Shirt, das bis zu ihren Oberschenkeln reichte. Ich wollte sie herumdrehen und gegen die Wand drücken. Ihr dieses T-Shirt über den Hintern ziehen und ihr einen kräftigen Klaps geben, bevor ich prüfte, wie feucht sie von ihrem Orgasmus war.

Würde sie meine Hände an ihrem Körper genießen? Wie ich sie grob anfasse, festhalte, ihr befehle, still zu bleiben? Würde das ihre hübsche Muschi feucht machen?

»Aiden…«

»Kleines Blütenblatt«, sagte ich gedehnt, mein Blick wanderte zu ihrer Brust. Ihre Brustwarzen stellten sich unter meinem brennenden Blick auf. *Freches Biest.* Ich hob meinen Blick und fragte mit unschuldiger Stimme: »Bist du gerade aufgewacht?«

Ihre Wangen erröteten, und sie versuchte, ihre Brüste mit ihren Haaren zu bedecken, während sie die Arme verschränkte. »Ja, das bin ich«, log sie und gähnte gekünstelt. »Ich könnte heute etwas länger schlafen, bevor unsere Sitzung beginnt.«

Ich ließ sie an mir vorbeigehen, der Duft weiblicher Erregung und der moschusartige Geruch von Sex hafteten ihr an. Ich ließ sie gehen, weil ich mir nicht traute, sanft zu ihr zu sein, nachdem sie mich gerade angelogen hatte.

»Ivy.«

Sie blieb stehen und drehte sich mit weit aufgerissenen Augen zu mir um, wissend, dass ich sie selten bei ihrem Vornamen nannte. »Eine Sache solltest du dir merken: Ich hasse Lügner.«

Ihr Körper erschauderte, ihre Augen wanderten über meine Kleidung, meine Haut, die von einem dünnen Schweißfilm vom Krafttraining bedeckt war.

Sie leckte sich über die Lippen. »Wirklich?«

»Ja. Ich bevorzuge die bittere Wahrheit gegenüber süßen Lügen, Ivy. Auch wenn die Wahrheit entmutigend erscheint.«

Sie wusste, dass ich es wusste.

»Was machst du, wenn du einen Lügner erwischst?«, fragte sie, ihre Augen tanzten vor Neugier. Zweifellos fand sie es aufregend. Sie wollte wissen, was ich als Nächstes tun würde.

»Ich bringe sie dazu, die Wahrheit zu gestehen.« Ich beugte mich näher an ihr Gesicht heran und flüsterte in ihr Ohr: »Und wenn ein Lügner so hübsch ist wie du, bestrafe ich sie.«

Ich zog mich zurück und beobachtete, wie ihre Brüste sich hoben, eine rote Röte kroch ihren Hals hinauf. »B-bestrafen?«

Ich summte zustimmend.

»Wie?«

Mit einem dunklen Lächeln tippte ich auf ihre Nase. »Lass uns hoffen, dass du das nicht herausfinden musst, Blütenblatt.« Ich drehte mich um und ging in mein Zimmer. Ich hielt inne und sagte: »Komm nicht zu spät wie gestern. Ich mag keine Unpünktlichkeit.«

Bevor ich die Tür schließen konnte, sagte Ivy: »Oder was? Wirst du mich auch bestrafen?«

Ich betrachtete sie durch meine Wimpern, ihre kurvige Gestalt und das neckische Lächeln auf ihren Lippen. Sie wusste nicht, wie dunkel meine Begierden waren, wie sie diese befeuerte, seit ich den Drang hatte, sie zu beschützen.

Sie in Sicherheit zu halten und sie mir zu verderben.

»Das werde ich, wenn es sein muss, kleines Blütenblatt.«

* * *

»UND DAS IST DAS DRITTE GÄSTEZIMMER«, die hübsche Rothaarige wedelte mit ihrem Arm um den leeren Raum, während ich die Wände betrachtete. Ich ging an ihr vorbei zum Fenster, das direkt zum Haus gegenüber von dem, in dem ich stand, ausgerichtet war. Und ein Kind – nein, ein Mädchen – spielte mit ihrem Gamecontroller, als ein Mann zu ihr ins Wohnzimmer kam, ihr Haar zerzauste und einen weiteren Controller aufnahm.

Ich biss die Zähne zusammen und funkelte die Rothaarige, meine Immobilienmaklerin, an. Ihre Augen weiteten sich, als sie mein Gesicht sah, und sie blickte weg.

»Sie haben mir nicht gesagt, dass dieses Haus Nachbarn hat.«

»N-nun, Herr Aiden, dies ist das einzige Haus, das all Ihren Anforderungen entspricht, von zwei Garagen bis zu mehr Zimmern und Sicherheit. Ich bin sicher, Sie können darüber hinwegsehen, dass Nachbarn in so einem gemütlichen Zuhause wohnen. Und das sind die Millers, ich kann Sie ihnen vorstellen, wenn wir-«

»Nicht nötig.« Ich verließ den Raum. Ich war nicht hier, um Nachbarn zu machen, sondern um ein weiteres Haus von den wenigen zu besichtigen, die mich enttäuscht hatten. Frau Poppy, die Immobilienmaklerin, hatte recht. Das Haus passte perfekt zu mir, mit hohen Decken, beigen Wänden, einem Kamin und mehr Zimmern, als ich je brauchen würde.

Es wäre perfekt für eine Familie gewesen, wenn-

Ich würde da nicht hingehen. Addison hatte ihr wahres Gesicht gezeigt, und das war's. Ich zog weiter. Ich war bereits aus Denver weggezogen, und das Haus könnte ein weiterer Schritt sein.

»Möchten Sie den Pool anschauen?«

»Nein, danke.« Ich neigte den Kopf und sagte: »Wo kann ich die Papiere unterschreiben?«

Fünfundvierzig Minuten später verließ ich das Büro der

Agentur mit einem Schlüsselbund in der Tasche und einer Flasche Champagner, die mir von einer sehr erröteten Poppy geschenkt worden war. Ich hoffte, ihr Chef bezahlte sie gut. Sie war süß und professionell.

Ich überprüfte meine Uhr und setzte mich auf den Fahrersitz in meinem Auto. Noch dreißig Minuten bis zum Beginn meiner Sitzung mit Ivy. Sie wusste nicht, dass ich Häuser anschaute. Ich könnte sie zum Abendessen ausführen – *nein, das ist zu romantisch.* Ich könnte chinesisches Essen zum Mitnehmen bestellen, um zu feiern, und wir könnten einen weiteren Film zusammen anschauen.

6

WARUM LÜGST DU MICH AN?

IVY

»Nein, sag mir, hat er dieses Ding mit seiner Zunge gemacht?«

Ich kicherte, als ich ihr zerknittertes Gesicht sah, und schüttelte den Kopf. Ihr englischer Akzent war stärker, da sie in Azmia im Goldenen Palast lebte, und es machte mich glücklich, ihr strahlendes, warmes Gesicht zu sehen.

»Warum lachst du? Ich meine das ernst, ich will es wissen.«

»Nein, Zara, er hat nicht... er hat nichts mit seiner Zunge gemacht.«

Sie sagte einen Moment nichts, richtete ihr Handy gerade, im Hintergrund einer der Gärten des Palastes, während sie langsam lief, Wachen ihr folgten, als sie schließlich sagte:

»Was für ein Arschloch.«

Ich lachte leise und spielte mit dem Saum meines Kleides. »Ich kann immer noch nicht glauben, dass du eine Prinzessin bist.«

Ihr Lächeln wurde sanfter, ihr kurzes dunkles Haar

umrahmte ihr elfenhaftes Gesicht mit scharfen Wangenknochen und haselnussbraunen Augen, die im Sonnenlicht glänzten. »Es tut mir leid, dass ich dir nicht früher von... allem erzählt habe, Ivy.«

Ich wusste es. Sie hatte sich entschuldigt und den Antrag meines Bruders angenommen, desselben Mannes, nach dem sie jahrelang geschmachtet hatte, bis sie zufällig bei uns zu Hause auf ihn stieß.

»Ist schon okay, Zara. Ich habe dir schon vor langer Zeit vergeben.«

»Hast du Hayden von ihm erzählt?« Ihr Gesichtsausdruck verfinsterte sich.

Ich seufzte und rollte mich auf meinem Bett auf den Rücken, starrte an die Decke. »Wenn ich ihm erzähle, dass Jason mich mit meiner Mitbewohnerin betrogen hat, würde er wütend werden. Sehr wütend.«

»Fuchsteufelswild«, bemerkte sie.

»Mhm, und es ist mir nicht mehr wichtig«, log ich. Natürlich war es mir wichtig. Mein allererster Freund hatte mich betrogen. Mit meiner Freundin und Mitbewohnerin. »Ich möchte einfach nur weitermachen, mich auf mein Studium konzentrieren, weißt du.«

»Und auf Aiden.«

Meine Wangen wurden rot, als ich an ihn dachte. Sie wusste von meinem kleinen Schwarm auf ihn, und sie hatte nicht aufgehört, mich zu überreden, es ihm zu gestehen und herauszufinden, ob er mich auch mag oder nicht.

Aber ich habe zu viel Angst, es zu tun.

»Du solltest ihn fragen, bevor du am Ende verletzt wirst, Ivy.«

Ich schaute auf die geschlossene Tür meines Zimmers. »Vielleicht hast du Recht, Zara. Aber du hättest sehen sollen, wie er mich heute Morgen angesehen hat. Er sah... hungrig aus.«

Als ob er mich fressen wollte.

Ihr sanftes Lachen brachte mich zum Lächeln. »Sah er hungrig nach Frühstück aus, oder nach dir?«

Ich antwortete nicht, meine Wangen wurden warm.

»Du hast es richtig schlimm erwischt, Liebes.«

»Ich weiß. Er ist sehr nett und großzügig zu mir. Ich rede lieber mit ihm als mit Hayden, weil er mich nicht wie eine kleine Schwester behandelt... auch wenn er mich vielleicht so sieht.«

»Oh, Ivy. Du solltest mit ihm über deine Gefühle reden. Sag ihm, dass du ihn nicht als älteren Bruder siehst«, sagte sie, während sie vom Garten in den Palast ging und den Dienstmädchen und Wachen zunickte, die sich vor ihr verbeugten.

»Bitte sag mir, dass du Jason blockiert hast. Wenn er irgendetwas tut, kann ich meine Brüder bitten zu-«

»Aiden hat das erledigt.«

»Erkläre.«

Ich wurde rot, als ich daran dachte, wie heiß er aussah, als er ihn anfluchte, die Ader an seinem Hals sah sehr einladend aus. »Jason rief mich während der Therapiesitzung an und Aiden nahm ab. Er drohte ihm und sagte ihm, er solle mich nicht wieder anrufen, und blockierte seine Nummer.«

»Das ist gut.«

»Also schickt er mir jetzt E-Mails und entschuldigt sich dafür, dass er Sex mit Amanda hatte.«

»Er ist ein Schwanz. Blockier ihn überall.«

»Das werde ich - *oh Scheiße*, Zara, es tut mir so leid, aber ich muss los«, geriet ich in Panik, als ich auf die Uhr schaute und in meinem Zimmer herumlief, um Dinge in meine Handtasche zu stopfen. Lippenpflegestift, Sonnencreme, Hausschlüssel und das Tagebuch. Ich hatte keine Zeit, die zerknitterten Papiere herauszunehmen, die ich hineingelegt hatte, und stopfte alles in meine Tasche. »Ich komme zu spät zur Therapiesitzung.«

»Ich liebe dich, tschüss!«

Ich schickte ihr einen fliegenden Kuss, als sie den Anruf beendete. Wenn ich schnell genug fahre und die Verkehrsgötter auf meiner Seite sind, kann ich es rechtzeitig schaffen. Sogar fünf Minuten früher.

* * *

Ich schaffte es nicht rechtzeitig.

»Es tut mir so leid, Aiden, der Verkehr war so schlimm«, keuchte ich, stützte mich auf meine Knie, um meine Atmung zu kontrollieren. So viel zum Thema sich für die Sitzung in ein süßes Kleid kleiden, leichtes Make-up auftragen und die Haare in Wellen locken. Ich wischte mir den Schweiß von der Stirn und richtete mich auf, wagte es, zu ihm zu schielen.

Aiden sah aus wie immer. Sein Gesicht war streng, ohne jegliche Emotionen. Seine Augen wanderten meinen Körper hinab, und ich unterdrückte ein Zittern, als sie über meine nackten Beine fuhren.

Er machte einen dramatischen Punkt, indem er auf seine Armbanduhr schaute, die mehr kostete als das Auto, das ich fuhr, und brummte. »Wir werden nach der Sitzung über deine Unpünktlichkeit sprechen. *Setz dich.*«

Ich setzte mich schnell und trank etwas Wasser, die kühle Luft der Klimaanlage strich über meine Haut. Die Sitzung begann, und wir führten die üblichen Gespräche über meinen Tag, was in dieser Woche passiert war oder ob etwas Aufregendes passiert war, das ich mit ihm teilen wollte. Es gab einen Moment, in dem ich emotional überwältigt war, als er mir einige Fragen über meine Kindheit und meinen ignoranten Vater stellte. Aber er sah stolz auf mich aus, als ich geduldig und ruhig antwortete, ohne dass sich Tränen in meinen Augen sammelten wie bei allen Sitzungen zuvor.

Er hatte mir gesagt, es würde Zeit brauchen, durch meine Kindheit zu gehen und mich an bestimmte Vorfälle zu erinnern, aber er würde für mich da sein, und wir könnten jederzeit über etwas anderes reden.

»Du scheinst heute ziemlich glücklich zu sein, Ivy«, sagte Aiden und notierte etwas. Ich ignorierte die Enttäuschung, als er mich nicht bei meinem Spitznamen nannte. Ich mochte meinen Namen, aber er nannte mich immer Petal.

Ich verdrehte meine Finger auf meinem Schoß, das dünne Material des Kleides strich über meine Oberschenkel. »Ja, ich bin glücklich. Ich genieße die Ferien, lese Bücher und habe sogar mit meiner Freundin telefoniert.«

Aiden sah auf. »Welche Freundin?«

Ich grinste. »Zara, Haydens Verlobte. Sie hat mir die Palastgärten gezeigt und gesagt, ich könne Azmia jederzeit besuchen.«

»Ich bin froh, dass du eine Freundin hast, auf die du dich verlassen kannst, Petal«, sagte er mit einem Lächeln.

Ich schlug ein Bein über das andere und versuchte, nicht an dasselbe Lächeln zwischen meinen Beinen zu denken, wie er mich mit seiner Zunge, seinen Zähnen und seinen Lippen neckte.

Er fragte mich nach meinen anderen Freunden.

»Ich habe eine Weile nicht mit Noah gesprochen, aber wir schreiben uns normalerweise auf Instagram.«

Sein Stift hielt inne, und er sah mich an, neigte den Kopf. »*Noah?*«

»Ja, er ist ein wirklich guter Freund von mir. Sehr süß und charmant. Er kauft mir immer Eiskaffee, wenn wir während der Prüfungen zusammen in der Bibliothek lernen.«

»Hm.« Aiden fragte nicht mehr nach ihm und fragte:

»Und du hast in einem Wohnheim gewohnt, richtig? Was ist mit deiner Mitbewohnerin?«

Mein Lächeln verschwand, und ich schaute auf den Kaffeetisch zwischen uns. Irgendwo in seinem Büro raschelte ein Papier, und das Geräusch des Schluckens des Kloßes in meinem Hals erinnerte mich daran, wie meine Freundin Sex mit meinem Freund - Ex-Freund - in meinem Zimmer hatte.

»Ivy?«

Ich blinzelte Aiden an und schüttelte den Kopf. »Es ist n-nichts.«

»Erzähl es mir.« Sagte er: »Atme tief ein und erzähl mir von deiner Mitbewohnerin.«

Also erzählte ich ihm von Amanda. Ballte meine Hände zu Fäusten, als ich mich an die Ereignisse dieses Tages erinnerte. Spät in der Nacht nach stundenlangem Lernen in der Bibliothek in mein Wohnheim zurückkehren und denken, Amanda hätte wieder einen anderen Typen da, wie all die anderen Male, aber die Schuhe gehörten Jason. Ich hatte sie ihm zu unserem dreimonatigen Jubiläum geschenkt und kam in mein Zimmer, um zu sehen, wie beide sich umarmten und gegenseitig ihre Namen stöhnten. Jason hatte mich nie so angefasst. *Niemals.*

»Er hat dich betrogen. Mit deiner Mitbewohnerin. Deiner Freundin.« Aidens Ausdruck war leer, aber ich wusste, dass er wütend war. Seine dunkelgrauen Augen waren fast schwarz geworden, und das ließ mich warm fühlen.

»Ja.« Ich zuckte mit den Schultern. »Ich habe sie verlassen und kam am nächsten Morgen zurück, um meine Taschen zu packen und nach Hause zu meinem Bruder zu kommen. Den Rest kennst du.«

Es herrschte Stille im Büro. Ich hatte mich daran gewöhnt.

»Und wie hat dich das fühlen lassen, Ivy? Deinen Freund zu sehen-«

»Ex-Freund.« Ich korrigierte ihn.

»Ja. Deinen Ex-Freund mit einer Person zu sehen, von der du dachtest, sie wäre deine Freundin?«

»Es hat wehgetan.« Ich schniefte und blinzelte. *Ich werde nicht weinen. Ich werde nicht weinen. Ich werde nicht weinen.* »Es tut immer noch weh. Ich dachte, er mochte mich um meinetwillen, obwohl ich dick bin. Ich dachte, er liebte mich sogar, aber man verletzt die Person, die man liebt, nicht. Nicht so.«

»Willst du mehr darüber reden?« Fragte er sanft, wohl wissend, dass ich weinen würde, wenn wir tiefer darauf eingingen.

Ich schüttelte den Kopf und presste die Lippen zusammen.

»Okay, erzähl mir von deinem Tagebuchschreiben.«

Wir sprachen mehr über die Tage, an denen ich zwei bis drei Seiten pro Tag schrieb, oder Tage, an denen ich kaum einen Absatz schreiben konnte. Er hörte mir zu und stellte Fragen, wenn ich aufhörte zu sprechen, forderte mich auf, Wasser zu trinken und weiterzumachen.

»Hast du etwas dagegen, wenn ich sehe, was du geschrieben hast?« Fragte er, seine dunklen Augen sanft.

Meine Muskeln verkrampften sich, als ich seinen obsidianfarbenen Augen begegnete. Sie wanderten über meinen Körper und bemerkten, wie steif ich geworden war. Meine Augen verweilten auf seinem hellblauen Hemd, das sich über seine Schultern spannte, die Ärmel bis zu den Ellbogen aufgerollt, mit einer marineblauen Krawatte. Vielleicht war es meine Fantasie, als ich dachte, seine Augen hätten zu lange auf meiner Brust und meinen Beinen verweilt. Ich rutschte auf meinem Sitz hin und her und steckte eine Haarsträhne hinter mein Ohr.

Aidens Augen flackerten zu meinem Gesicht, und er schloss sie für einen Moment, als ob er sich Zeit nehmen würde. Schließlich sagte er: »Du musst nicht, wenn du nicht willst, dass ich es lese. Ich werde es verstehen und deine Privatsphäre respektieren.«

Ich leckte mir über die Lippen, vertraute meinem Instinkt. »E-es ist okay, ich habe nichts dagegen. Du kannst es lesen.«

Ich gab ihm das Tagebuch und runzelte die Stirn über die zerknitterten, losen Seiten, die ich dazwischen geschoben hatte. Er las schweigend den Eintrag meines ersten Tages, während ich unruhig auf meinem Sitz hin und her rutschte. Ich hatte möglicherweise zu viel Wasser getrunken, also entschuldigte ich mich, um zur Toilette zu gehen.

Als ich zurückkam, konnte ich die Veränderung in der Luft spüren. Aiden saß auf der Couch, aber seine Haltung war steif. Er beachtete meine Anwesenheit kaum, als ich mich auf meinen Platz setzte. Ich sah, dass das Tagebuch neben ihm lag und sein Kiefer angespannt war.

»Ist alles in Ordnung?« Fragte ich mit leiser Stimme.

Endlich sah er mich an und sein Mundwinkel zuckte. Zurückgelehnt auf der Couch sagte er: »Ja, das könnte man sagen. Ich möchte dir etwas fragen, Petal, und ich möchte, dass du ehrlich bist.«

Stirnrunzelnd nickte ich.

Seine Augen verdunkelten sich, und er sagte mit strenger Stimme: »Benutze deinen Mund.«

»I-*äh*, ja, Doktor Aiden.«

Ich wusste nicht, warum ich das *Bedürfnis* hatte, ihn so förmlich anzusprechen.

»Was hast du heute Morgen gemacht?«

Meine Augen weiteten sich, mein Herz pochte in meinen Ohren. Ich warf einen Blick auf das Tagebuch und es fiel mir ein. Diese zerknitterten Seiten. *Scheiße, Scheiße, Scheiße.*

Nachdem ich eine Woche lang jeden Tag mein Tagebuch geführt hatte, schrieb ich meine Fantasien über Aiden auf verschiedene abgerissene Seiten. Und wie er meinen Körper liebte, ihn verehrte. Es ließ mich besser über mich selbst fühlen, aber ich steckte sie immer wieder ins Tagebuch zurück und erinnerte mich daran, sie herauszunehmen, bevor ich es zur Sitzung mitbrachte. Aber ich hatte es so eilig, dass ich sie vollständig vergessen hatte.

Hat er es gelesen? Ich hoffte, er hatte es nicht. Ich würde lieber rohen Brokkoli essen, als dass er all diese Seiten liest.

Ich sah ihn nicht an, log und zuckte nachlässig mit der Schulter. »Ich habe meditiert.«

Ich zuckte innerlich über meine Lüge zusammen. Er hatte versucht, mir das Meditieren beizubringen, aber ich konnte es nie.

Er hat Recht. Ich bin eine schreckliche Lügnerin.

Aiden hob seine Augenbrauen. »Ist dem so?«

Ich mochte den Ton seiner Stimme nicht. Er schien ernst, und ich betete, dass der Boden mich verschlingen würde. Er wartete auf meine Antwort, die Arme vor der Brust verschränkt. Ich wurde abgelenkt von der Art, wie seine Bizeps sich wölbten.

Er bemerkte, dass ich starrte. Ich schaute auf meinen Schoß hinunter, knetete meine Daumen. »J-ja, Doktor Aiden, ich habe meditiert und ich-ich habe mich auf meinen Atem konzentriert, wie du es mir beigebracht hast-«

»Warum lügst du mich an, Ivy?«

Mein Kopf schnellte zu ihm hoch. *Ivy*. Nicht Petal.

Ich schüttelte den Kopf, »I-ich lüge nicht.«

Aiden neigte seinen Kopf und mein Hals wurde trocken, als er sagte: »Warum habe ich dann deine Stimme gehört, wie sie meinen Namen gestöhnt hat, als du mit deinen Fingern in deiner Muschi zum Orgasmus gekommen bist?«

7
DU KLEINES SCHMUTZIGES MÄDCHEN

IVY

»W-was?«

Aiden legte das Tagebuch auf den Kaffeetisch zwischen uns, inklusive der geglätteten zerknitterten Seiten. Ich starrte mit weit aufgerissenen Augen auf das in Leder gebundene Tagebuch und diese Seiten.

Er weiß es. Er hat es gelesen. Er hat gelesen, wie ich über ihn fantasiere.

»Sieh mich an«, befahl er mit tiefer Stimme.

Ich schüttelte den Kopf, schloss die Augen und wollte weglaufen. Ich fühlte mich gedemütigt. Ich wollte nicht, dass er mich ansah. Ich wollte nicht, dass Aiden wusste, wie ich so über ihn dachte. Zara hatte recht. Wenn ich meine Gefühle nur früher gestanden hätte, wäre nichts davon passiert.

Aiden wiederholte sich, aber es war eine Warnung. »Ich sagte, sieh mich an, Petal.«

Ich bewegte mich keinen Zentimeter, hoffend, betend, dass es alles nur ein peinlicher Traum war und ich bald aufwachen würde.

»Ich werde mich nicht wiederholen, Petal.« Er sprach mit tiefer Stimme, die mich erschaudern ließ. »Sieh. Mich. An.«

Zu verängstigt und beschämt, um etwas anderes zu tun, hob ich meinen Blick und sah die Wirbel von Emotionen in seinen onyxfarbenen Augen.

Mit zusammengebissenen Zähnen nickte er vor sich hin. »Komm her.«

Ich stotterte: »Es tut mir leid, Aiden. I-ich weiß nicht, was ich mir dabei gedacht habe. Ich habe *nicht* nachgedacht-«

Er blieb ruhig, aber ich wusste, er war wütend, weil ich ihn angelogen hatte. »Ich habe dich nicht gebeten zu sprechen, oder? Komm her, Ivy.«

Er sagte meinen Namen. Schon wieder.

Scheiße, ich stecke in Schwierigkeiten.

Ich bewegte mich nicht, mein Magen verkrampfte sich vor Nervosität. Die kalte Luft fühlte sich schwül an, wie sie auf meiner kribbelnden Haut lastete. Die Uhr an der Wand hinter mir tickte und versicherte mir meinen bevorstehenden Untergang.

»Jetzt.« Er knurrte.

Ich stand vorsichtig auf und schluckte den Kloß in meinem Hals hinunter. Ich war gerade dabei, auf ihn zuzugehen, als Aiden sagte:

»*Krabbel.*«

Mir klappte der Kiefer herunter. »Was? Ich werde nicht kr-«

»Doch, wirst du, Petal. Ist das nicht, was du in diesen Fantasien von dir tust, wenn du daran denkst, dass ich dich dominiere, *hmm?*« Aidens befehlende Stimme weckte etwas Warmes in meinem Unterleib. Sein intensiver Blick durchbohrte meine Haut und drängte mich, mich seinem Willen zu beugen.

Nun, er hat recht. Aber das ist anders.

Ich schaute zwischen ihm und der Tür zum Flur hin und her, wo sein Assistent am Schreibtisch saß.

»Ich habe Gary gebeten, früher zu gehen«, beantwortete er meine unausgesprochene Frage. *Er wusste, dass das passieren würde. OhmeinGott.* Mit zusammengebissenen Zähnen sagte er: »Krabbel zu mir, Ivy.«

Ich schüttelte den Kopf, meine Finger strichen über den Saum des Kleides und verdrehten ihn.

»Wenn du nicht sofort zu mir krabbelst, werde ich dich disziplinieren.« Mit den Augen auf mir fuhr er fort: »Oder du kannst diesen Raum jetzt sofort verlassen, und ich werde dir einen neuen Therapeuten zuweisen, in ein neues Haus ziehen und nie wieder darüber sprechen.«

Mein Herz schmerzte beim Hören der zweiten Option. Ich wollte nicht, dass er vergaß, was auch immer *das* war. Ich wollte keinen anderen Therapeuten. Ich wollte ihn. *Nur ihn.*

»Mich disziplinieren?«

»Willst du, dass ich hinüber komme und dich hierher schleppe?«

Ja, bitte.

Ich schüttelte das Bild aus meinem Kopf und ließ mich langsam auf die Knie sinken. Ich konnte ihm nicht in die Augen schauen. Es fühlte sich demütigend an, und trotzdem war meine Unterwäsche durchnässt vor Erregung. Ich drückte meine Handflächen auf den weichen weißen Teppich und kniff die Augen zusammen, als ich auf allen Vieren vor Aiden war. Dem besten Freund meines Bruders. Meinem Schwarm.

»Öffne deine Augen und sieh mich an«, sagte er mit seiner tiefen, rauchigen Stimme, und es kostete mich alles, nicht zu zittern.

Mit einem tiefen Atemzug öffnete ich meine Augen und sah ihn an. Es sollte verboten sein, so gutaussehend zu sein. Seine Augen waren halb geschlossen und sein Kiefer scharf, während er mich beobachtete, wie ich langsam auf ihn zukrabbelte. Meine Augen wanderten zu seiner lockeren Krawatte, der gebräunten Brust, die über dem aufgeknöpften obersten Knopf hervorlugte, hinunter zu seinem perfekt sitzenden Hemd, wo ich die Umrisse seiner Beule in seiner schwarzen Hose erkennen konnte.

Oh Scheiße.

Mit einem erröteten Gesicht versuchte ich, seinen Blick zu erwidern. Seine Augen verweilten auf meiner Brust und meinem Hintern.

Wurde er davon erregt? Mich auf Händen und Knien zu sehen, wie ich auf ihn zukrabbele?

Diese lange Beule zu sehen, ließ das vermuten.

Ich war überrascht, als seine Hand durch mein Haar fuhr, als ich ihn erreichte, mein Herzschlag beschleunigte sich bei unserer Nähe. Ich holte scharf Luft, als er sanft an meinen Haaren zog und mich hochhob, bis ich auf meinen Knien zwischen seinen langen Beinen war. Seine pochende Erektion spannte sich in seiner Hose.

Ich leckte mir über die Lippen, schaute zu ihm auf und entdeckte ein kleines Grinsen, das an seinen Mundwinkeln zog. »Willst du mich anfassen, Petal?« Mit meinen weit aufgerissenen Augen und geröteten Wangen sah ich, wie seine großartigen langen Finger den Reißverschluss seiner Hose öffneten und seinen Ständer durch die Boxershorts umfassten. »Willst du meinen Schwanz anfassen, *hmm*?«

Ich nickte benommen und richtete meinen Blick auf sein Gesicht. Er beobachtete mich aufmerksam. Mein Gesicht, meine Lippen, das Dekolleté. Ich wusste, was er wollte, und es hatte keinen Sinn, meine Anziehung zu ihm zu verbergen, wenn er erregt wurde, indem er mich auf ihn zukrabbeln sah.

Also lehnte ich mich näher heran, so dass meine vollen Brüste gegen die Couch drückten, seine Augen weiteten sich ein wenig. Sein Kiefer spannte sich an, als ich meine Hand auf seine legte, die langsam über seine Beule glitt, seine Haut war warm.

Meine Stimme war ein sanftes Flüstern, als ich sagte: »Bitte, lass mich dich anfassen, Doktor Aiden.« Ich holte tief Luft und ließ meine andere Hand über seinen Oberschenkel gleiten, beobachtete ihn und wartete darauf, dass er sie entfernte, aber er tat es nicht. »Ich will deinen Schwanz lutschen.«

Seine obsidianfarbenen Augen füllten sich mit Hunger und Lust, als er seine Hand wegnahm und an meinen Haaren riss, so dass mein errötetes Gesicht über seinem Schritt hing, mein Körper über die Couch gebeugt und meine Hüften in der Luft. Ich konnte ihn riechen, seinen moschusartigen männlichen Duft, und wand mich, wollte diesen Duft überall haben. Überall auf mir und in mir.

Aiden lehnte sich näher, seine Lippen drückten gegen meine Ohrmuschel, als er knurrte: »Lutsch ihn. Benutze deinen hübschen kleinen Mund an meinem Schwanz und blas mir einen.« Er drückte sich näher, leckte mein Ohr. Ich erschauerte. »Bis du mein Sperma schluckst.«

Er wartete darauf, dass ich ihn von mir wegstieß, aber ich nickte und entfernte vorsichtig seine Boxershorts. Hitze stieg mir ins Gesicht, als ich seinen vergrößerten Schwanz betrachtete. Lang mit genügend Umfang, dass ich sicher war, einen kleinen Schmerz zu spüren, wenn er mich mit einem harten Stoß ficken würde. Ich leckte mir bei dem Gedanken über die Lippen und presste meine Oberschenkel zusammen, spürte, wie mehr Feuchtigkeit aus mir sickerte. Ich wollte ihm gefallen und sein Sperma schlucken, wie er es wollte.

Ich kann nicht glauben, dass meine Fantasie wahr wird.

Aidens Hand verstärkte den Griff an meiner Kopfhaut, als ich mich näherte, der männliche Duft seiner Erregung und seines würzigen Parfüms umgab mich. Es war mir egal, dass er mein Therapeut war. Oder dass er der enge Freund meines Bruders war. Gerade jetzt *wollte ich ihn in meinem Mund haben*. Ich leckte das Vorsperma ab und summte beim Geschmack von ihm. Ich richtete meinen Blick zu ihm hoch, um zu sehen, ob er mich ansah, als ich seinen schwammigen Kopf in meinen Mund saugte.

»Mach es noch einmal«, sagte er, seine Stimme tief und rauchig, die von meinem Rücken bis zu meinem Kern spiralte.

Das musste er mir nicht zweimal sagen. Mit meiner Hand streichelte ich ihn und spürte, wie seine samtweiche Haut unter meiner Handfläche anschwoll und härter wurde, während ich langsam seinen geäderten Schwanz drückte. Gleichzeitig nahm ich seine Spitze in meinen Mund, saugte daran und höhlte meine Wangen aus. Er stieß ein kehliges Stöhnen aus und zog an meinen Haaren.

Tief atmend und mich an seinen Oberschenkeln festhaltend, beugte ich mich hinunter und nahm ihn Zentimeter für Zentimeter in meinen Mund, küsste und leckte jede Ader und harte Erhebung. Seine Beinmuskeln spannten sich an, als ich mit meiner Zunge über die Unterseite fuhr und spürte, wie er in meinem Mund anschwoll.

Ich stieß ein lautes Stöhnen aus, als er meinen Hintern versohlt hatte und den Saum meines Kleides hochhob. Als ich mich zurückziehen wollte, hielt er seine Hand auf meinem Haar und sagte mit rauer Stimme: »Nein, du kleines, schmutziges Mädchen. Tu, was ich dir gesagt habe. Ich wollte diesen straffen kleinen Hintern von dir schon lange versohlen.«

Seine Worte ließen mich die Beine zusammenpressen. Er gab einen weiteren scharfen Klaps auf meinen Hintern, während mein Mund hart und schnell an seinem Schwanz arbeitete. Ich schloss meine Augen, stöhnte und summte, als ich ihn tiefer nahm, entspannte meinen Rachen, als er die

Führung übernahm und meinen Kopf über ihn bewegte. Mein Körper zuckte und zitterte, als seine Handfläche auf meinen brennenden Hintern klatschte, meine Unterwäsche tropfnass vor Erregung.

»Öffne deine Augen und sieh mich an«, befahl er, seine Stimme tief und rau.

Ich tat es und stöhnte mit ihm in meinem Mund, als er einen weiteren Schlag auf meinen Hintern gab. Seine lustvollen, dunklen Augen starrten mich an. Meine Augen glänzten vor Tränen, während meine Lippen sich um ihn schlossen. Ich summte und bewegte meinen Kopf über ihn, wollte ihm gefallen, während meine Muschi nach ihm pochte.

Aiden presste seinen Kiefer zusammen, eine Hand fest um mein Haar und die andere massierte die roten Abdrücke auf meinem brennenden Hintern. Ich erschauderte, als er mein Kleid anhob und mit seiner Hand über meinen Rücken strich. Ich wölbte meinen Rücken für seine Berührung. Er schien meine Reaktion zu mögen, da ein kleines Lächeln an seinen wunderschönen Lippen zog.

Meine Augen weiteten sich, und ich stöhnte, als seine Handfläche meine Brust durch den dünnen BH umfasste, langsam streichelte und seine Finger meine Brustwarze zwickten und kniffen. Ich wand mich vor extremem Vergnügen, aber sein Griff war fest an meinem Haar und drückte mich tiefer auf seinen Schwanz, wenn ich versuchte, mich von ihm wegzuziehen.

Schließlich hatte er Erbarmen mit mir und ließ meine Brust los, fuhr mit seiner Hand über meine Schlüsselbeine, meinen Hals, Kiefer und meine Wange. Ich blickte auf seinen sich anspannenden Bauch, die harten Muskeln seines Magens, das V seiner Hüftknochen, als er sanft mein Haar zurückstrich und mit seinem Finger über meine Lippen fuhr, die weit geöffnet waren mit ihm in meinem Mund, immer noch schmerzhaft pochend.

Ich beobachtete ihn mit halb geschlossenen Augen und stöhnte, als sein Finger auf meiner Oberlippe verweilte und spürte, wie meine Lippen über seine enorme Länge glitten. Es war so schmutzig, aber auch so intim, dass ich ihn mit noch mehr Inbrunst saugte.

»Verdammt, Petal, du siehst so verdammt schön aus«, zwang er meinen Blick zu ihm hoch, seine Augen auf meinem Gesicht. »Du weißt nicht, wie viele schmutzige Träume ich von dir hatte. Über meinen Schreibtisch gebeugt, dich ficken, dich versohlen, dich lecken. Und jetzt, wo du hier bist, werde ich mir Zeit nehmen, um beide unserer Fantasien zu erfüllen.«

Damit führte er langsam meinen Kopf auf und ab, beobachtete, wie er in meinen Mund hinein- und herausglitt, während ich ihn auf jede erdenkliche Weise saugte und küsste. Ich benutzte meine Hand, um seine Hoden zu liebkosen, ein tiefes Grunzen entfuhr seiner Kehle. Der Klang seiner Lust war eine Freude für mich, und alles, was ich jetzt wollte, war, ihn zum Höhepunkt zu bringen. Immer und immer wieder, wenn er mich darum bitten würde.

»Oh, verdammt, ich werde in deinem Mund kommen, Ivy«, knirschte er mit den Zähnen, seine Hände in meinem Haar, als er meinen Mund fickte; langsam, hart und tief.

Aiden stieß ein tiefes Stöhnen aus und zuckte, als er in meinem Mund kam. Warme Schübe seines Samens schossen meine Kehle hinunter, während ich gierig schluckte. Ich beobachtete ihn mit Tränen in den Augen. Seine halb geschlossenen Augen beobachteten mich und das Auf und Ab meines Halses. Er ließ mein Haar los, aber ich zog mich nur zurück, um ihn sauber zu lecken, von seinem Schaft bis zur Spitze. Summend gab ich langsame Leckerbissen auf den geröteten Kopf seines Schwanzes.

Er stieß ein kleines warnendes Grunzen aus, und ich setzte mich zurück auf meine Fersen, schlug unschuldig mit meinen Wimpern und leckte meine Lippen sauber.

Aidens Augen wanderten über mein Gesicht, mein zerzaustes Haar, meine Brust und den zerknitterten Zustand meines Kleides, meine Brust fiel fast aus dem Ausschnitt heraus.

Er knurrte: »Komm her.«

Er hielt meinen Arm und hob mich mühelos auf seinen Schoß.

8
ICH DULDE KEINE LÜGEN
AIDEN

Ich streichelte die weiche Haut ihrer Arme, während ihre nackten Oberschenkel meinen Schoß umspannten. Ihre dunklen, zerzausten Locken. Ich konnte spüren, wie ihr Körper über mir zitterte, wie sich ihre Hand in mein Hemd krallte, ihr Gesicht in meiner Brust verborgen.

Wenn ich nicht glauben konnte, dass Ivy, mein kleines Blümchen, mir gerade einen der besten Blowjobs meines Lebens gegeben hatte, dann musste es für sie ebenso schwer zu glauben sein.

Oder sie hatte nicht erwartet, dass ich sie versohlen würde. Oder ihren Mund so ficken. Oder sie anweisen würde, für mich zu kriechen...

Meine großen Hände glitten über ihren Rücken, unter ihr Kleid, und umfassten die brennende Haut ihres Pos. Ivy wimmerte und rieb sich an mir.

Scheiße.

Ich hatte mich zurückgehalten, um es langsam angehen zu lassen, aber ich hatte nicht erwartet, dass sie solch schmutzige und heiße Fantasien bezüglich mir haben würde.

Ich dachte, ich wäre nur ihre alberne Schwärmerei, aber das war vorbei.

Ich zog sie näher zu mir, ließ keinen Raum zwischen unseren Körpern, und hob ihr Kinn, damit sie mich ansah. Ihre weichen Brüste pressten sich gegen meine muskulöse Brust. Ihre blauen Augen schimmerten vor Tränen, ihre Lippen waren rosa und geschwollen, als sie mich durch ihre Wimpern ansah.

»*Ivy*«, flüsterte ich ihren Namen wie ein Gebet. »Sag mir, dass du für mich gekrochen bist, weil du es wolltest. Sag mir, dass du mich deinen Mund ficken und dich versohlen lassen hast, weil du es auch wolltest. Ich muss es wissen.«

Ihre Lippen öffneten sich, als sie mich anblinzelte, ihre Finger krallten sich in mein Hemd. »Natürlich, Aiden. Ich wollte... Ich wollte alles davon.« Sie leckte ihre Lippen, und meine Augen senkten sich für einen Moment zu ihnen. »Ich will *dich*.«

Ich schüttelte den Kopf, als ich ihr Geständnis hörte. *Verdammt*. Es war ein Chaos, aber keiner von uns konnte von dem zurück, was wir gerade getan hatten. In meinem eigenen Büro.

»Habe ich etwas falsch gemacht?«

Ich starrte sie an und ihre unschuldigen Rehaugen, die sich mit Tränen füllten, als ich in ihrem trotzigen Mund war. Wie konnte sie wie ein Engel aussehen, wenn sie eben noch meinen Schwanz im Mund hatte?

»Ja. Du hast viele Fehler gemacht, Blümchen.« Meine heisere Stimme senkte sich um eine Oktave, als ich fortfuhr, »Aber keine Sorge, ich bin hier, um mein schmutziges Mädchen zu disziplinieren.«

»D-disziplinieren?«

»Natürlich, ich diszipliniere gerne kleine freche Mädchen wie dich.« Ich hielt sie fest, als sie sich auf meinem Schoß wand, und versuchte, Reibung zu finden. Tja, das arme

Mädchen wusste nicht, worauf sie sich eingelassen hatte. Ich hielt ihr Kinn und sah ihr in die Augen, während ich sagte: »Ich werde dich küssen, Blümchen.«

»E-es ist okay«, versuchte sie, ihren Kopf zurückzuziehen. »I-Ich weiß, dass Männer nach ... nicht gerne küssen«, brach sie ab und sah weg.

Ich runzelte die Stirn. Ihr Arschloch-Exfreund hatte sie also benutzt, ohne ihr Zuneigung oder Nachsorge zu zeigen.

Ich hielt ihr Kinn und ließ sie mich ansehen. Meine Stimme war sanft, aber bestimmt, als ich sagte: »Du hast recht, Blümchen. Jungs mögen es nicht, nach einem Blowjob zu küssen, aber Männer schon. Willst du, dass ich dich küsse oder nicht? Denn ich sterbe danach, deine hübschen Lippen zu kosten.«

Ihre Wangen wurden knallrot, als sie nickte. »Ja, bitte.«

»Braves Mädchen.« Ich presste meine Lippen auf ihre.

Ivy schmolz in meiner Umarmung, als sich unsere Lippen aneinander schmiegten und wir uns einfach kosteten. Ihr weicher Atem fächelte über meine Wange, ihre Hände glitten über die Muskeln meiner Arme, kräuselten den Stoff meines Hemdes, bevor sie sich durch mein Haar gruben. Ich leckte ihre Unterlippe und vertiefte den Kuss, hielt eine Hand im Nacken und drückte mit der anderen ihren Po.

Ivy stöhnte, öffnete ihren Mund für mich, als ich eintauchte, ihre Lippen, ihre Zunge, ihren Mund schmeckte. Obwohl ich hart zu ihr gewesen war, ihren Mund gefickt und sie kommandiert hatte, berührte sie mich zärtlich. Es war erotisch, und das kleine Wimmern aus ihrem Hals brachte mich dazu, schrecklich schmutzige Dinge mit ihr tun zu wollen.

Mein Blümchen war nicht so unschuldig, wie ich gedacht hatte. Ich blieb still und küsste sie, als sie ihre Hüften über meinem Oberschenkel bewegte. Hin und her. Die Muskeln meines Oberschenkels spannten sich, als ich spürte, wie der raue Stoff meiner Hose feucht wurde von ihrer Erregung.

So ein bedürftiges kleines Mädchen.

Ich zog an ihren Haaren, zog sie zurück, als sie keuchte. Ihre Lippen geschwollen von den Küssen und die Lust flammte in ihren saphirblauen Augen. Meine dunklen Augen verengten sich, als sie sich auf meinem Schoß wand. Auf meinem Oberschenkel.

»Aiden?«

Meine Augen wanderten zu ihrem schlanken Hals. Ich beugte mich näher und leckte die weiche Haut ihres Halses. Ihr süßes, moschusartiges Parfüm war berauschend. Sie zitterte, schloss die Augen, als ich ihren pochenden Puls küsste und mich ihrem Ohr näherte.

»Du bist ein gieriges kleines Blümchen, nicht wahr?«, sagte ich heiser, und sie hörte auf, sich zu winden. Ihre heiße Muskel zuckte über meinem Oberschenkel. »Dich an meinem Oberschenkel reiben wie ein freches Mädchen.« Ich genoss es, wie sich ihre Augen weiteten, als ich ihr Kinn hielt. »Wer hat dir gesagt, dass du das darfst, Blümchen?«

»I-Ich bin sorry. I-Ich musste einfach-«

Meine Hand glitt zu ihrem Hals und umschloss leicht ihren Puls, würgte sie. Sie biss sich auf die Lippe, wollte sich auf meinem Oberschenkel pressen und den Schmerz in ihrer Muschel lindern.

Meine Augen flackerten zu ihren Lippen, und ich fragte: »Was brauchst du? Sag es.«

Ivy wandte sich ab, ihr Herzschlag wurde schneller. Sie musste sich für alles schämen, was passiert war. Meine Hand lockerte sich um ihren Hals, und ich rieb meinen Daumen über ihre Unterlippe. Sie seufzte.

Ich küsste ihr Ohr und sagte leise: »Sag mir, was du brauchst, Blümchen.«

Sie zitterte, wusste ganz genau, dass ich diese Worte

während unserer Sitzungen gesagt hatte. Jede Woche fragte ich sie das gleiche, damit sie sich Ziele für die Woche oder den Monat setzen konnte. Ich lobte sie am Ende der Woche für das Erreichen der Ziele oder leitete sie an, es besser zu machen.

Jetzt würde sie wissen, was ich mit diesen Worten meinte.

»Ich will dich...«, flüsterte sie und fügte hinzu, »in mir.«

Als ich sie das sagen hörte, die Worte, die ich in den letzten Wochen hören wollte, fühlte sich mein Herz leicht an. Es war ihre Entscheidung, genau wie meine. Sie an mich gepresst, mich in ihr zu spüren.

Ich lächelte und küsste sie erneut. Ich konnte nicht genug von ihr bekommen. Ich hatte sie noch nicht einmal gekostet, und doch war ich bereits süchtig nach Ivy, meinem kleinen Blütenblatt. Ihre Hände umklammerten das Hemd an meinem Kragen, als hätte sie Angst, ich könnte mich von ihr entfernen.

Nicht in einer Million Jahren, Blütenblatt.

»Dann bekommst du, was du brauchst«, murmelte ich gegen ihre rosigen Lippen und küsste sie noch einmal.

Ivy schenkte mir ein schüchternes Lächeln, das schnell in ein leises Keuchen überging, als ich sie auf meinem Schoß umdrehte, ihr Bauch gegen die halb steife Wölbung drückte und ihr schöner Hintern mir zugewandt war.

»Aiden?« Sie blickte über ihre Schulter, als ich den Saum ihres Kleides bis zur Taille hob.

Meine Handfläche glitt über ihren nackten Hintern und drückte ihre weichen Kurven näher an meinen muskulösen Körper. Ich ließ sie spüren, dass es kein Entrinnen gab.

Ich beugte mich näher zu ihrem Ohr und sagte: »Sag das Wort rot, wenn du willst, dass ich aufhöre. Nicke, wenn du es verstehst, Blütenblatt.«

Sie nickte langsam, ihre Augen weit aufgerissen und die Wangen gerötet. Genau das hatte mein Charakter in ihren geschriebenen sexuellen Fantasien gesagt, bevor er sie verletzte. Sie auf eine Weise verletzte, die sie am Leben fühlen ließ, jeden ihrer Berührungen verehrte, als ob er sie anbetete.

Ich fragte mich, ob Ivy dasselbe mit mir empfand. Dass ich ihren kleinen, zitternden Körper anbetete, wenn ich ihre weiche Haut streichelte oder sie hart genug drückte, um meinen Handabdruck zu hinterlassen.

Ich wollte sie verletzen, sie verehren, sie anbeten.

»Wenn du mir gesagt hättest, dass du willst, dass ich dich genau *hier* ficke«, sagte ich mit rauer Stimme, während meine Finger leicht über ihre nässegetränkte Spitze klopften, »dann hätte ich deinen Wunsch gerne erfüllt, Ivy. Aber du hast dich entschieden zu lügen. Selbst nachdem ich deine Fantasien gelesen habe, hast du mich angelogen.«

Meine Stimme war streng, fast schon wütend, obwohl ich nicht wütend war. Ich würde niemals jemanden im Zorn berühren, schon gar nicht mein Blütenblatt. Ich war enttäuscht, dass sie mir nie gesagt hatte, wie sie sich all die Jahre gefühlt hatte. Ich hatte meine Anziehung und Gefühle für jemand anderen gezwungen, weil ich dachte, sie sähe mich wie ihren älteren Bruder, genau wie Hayden, und sonst niemanden.

Sie zitterte, als sie den Tonfall meiner Stimme hörte, und presste ihre Schenkel zusammen. Verdammt, sie war so empfänglich. Wenn ein einziger Satz sie so feucht machen konnte, fragte ich mich, ob ich sie bitten könnte, sich selbst zu befriedigen, während ich ihr sagte, was sie tun sollte, ohne sie zu berühren.

Ivy wand sich auf meinem Schoß, als meine Finger über sie glitten und ihre Feuchtigkeit spürten, die ihr Höschen durchtränkte. Ich klatschte ihr leicht auf den Hintern.

»Ich dulde keine Lügen. Es ist unhöflich und inakzeptabel«, flüsterte ich scharf. Ich klatschte ihr erneut auf den Hintern, diesmal etwas härter, und genoss das leise Keuchen, das ihren Lippen entwich. »Besonders nicht gegenüber dem besten Freund deines Bruders, deinem Therapeuten, der deine Muschi triefend nass macht.«

»*Oh.*« Sie stieß ein Geräusch aus, das zwischen Stöhnen und Wimmern lag, als ich ihr erneut auf den Hintern klatschte.

Bald spürte ich die Kühle ihrer weichen, nackten Haut, spürte, wie ihr brennendes Geschlecht sich zusammenzog und ihre Beine zitterten, während ich ihr immer wieder auf den Hintern klatschte. Meine Handfläche brannte bei jedem Schlag, und ihr Hintern färbte sich in einem hellen Rosaton. Ivy unterdrückte ihr Stöhnen, indem sie sich auf die Lippe biss, aber ich wollte das nicht. Ich griff nach ihrem Haar und zog ihren Kopf zurück, um ihre Schreie der Lust und des Schocks deutlicher zu hören.

Ich wartete darauf, dass sie das Sicherheitswort sagte, mir erzählte, wie es mich hart machte, sie zu versohlen, sie zu erschrecken und zu ekeln. Aber sie tat es nicht. Sie nahm die Schläge wie ein braves Mädchen hin. Ich erhöhte die Intensität jedes Schlags, hörte sie laut stöhnen, als meine pochende Erektion sie in den Bauch stieß. Sie wand sich und zuckte auf meinem Schoß, aber ich war entschlossen, bis sie sich für ihre Lüge entschuldigte. Ich hörte ihr Schluchzen, und ihre Worte waren nichts als ein verwaschenes Gestammel, während sie sich immer wieder entschuldigte.

»Bitte, bitte, bitte, Doktor Aiden. Es tut mir leid«, wimmerte sie und hob ihren Hintern jedes Mal, wenn ich meine Hand hob, als könnte sie es kaum erwarten, dass ich sie wieder berührte.

Meine Augen überflogen ihren wunderschönen Anblick, ihre prallen Schenkel aneinandergepresst, als könnte sie ihre Erregung vor mir verbergen. Ich hielt inne und rieb meine

Hand über ihren warmen Hintern, massierte langsam die empfindliche Haut. Ich würde ihr ein Bad vorbereiten und heilende Lotion auftragen, sobald wir zu Hause waren. Wenn sie es ertragen konnte, mich noch einmal zu berühren.

Ich ignorierte diese Gedanken, lockerte meinen Griff in ihrem Haar und glitt mit meiner Hand zwischen ihre Beine. Langsam rieb ich meine Finger über ihr durchtränktes Höschen.

»Du bist triefend nass, Ivy«, sagte ich, meine Stimme eine Oktave tiefer.

Sie zitterte und schob ihre Hüften zurück. »Bitte, Aiden.«

Ich summte, schob ihr kleines Höschen zur Seite und stieß zwei Finger in ihre warme Feuchtigkeit, was ein lautes Stöhnen von ihr entlockte. Meine Handfläche massierte weiter sanft ihren Hintern, während meine Knöchel in sie glitten, die Kuppen meiner Finger fanden den rauen, empfindlichen Punkt und drückten dagegen. Ihr Körper begann zu zittern, und ich wusste, dass sie kurz davor war, mich anzuflehen, sie zum Höhepunkt zu bringen.

»Komm schon, Blütenblatt. Komm auf meinen Fingern, du schmutziges Mädchen«, sagte ich mit heiserer Stimme, während sie sich auf meinem Schoß wand, meine Erektion gegen ihren Bauch pochte, während ich ihre Muschi fickte. Meine Finger krümmten sich über ihren süßen, empfindlichen Punkt.

Ivy umschloss meine Finger, presste sie zusammen, während ich zusah, wie sie dem weißglühenden Verlangen nachjagte. Einen Moment später kam sie, ergoss sich über meine Finger, stöhnte meinen Namen, wand sich auf meinem Schoß und auf dem Sofa.

Ich war ehrfürchtig, als ich sie zerfallen sah. So verdammt erotisch, dass ich wusste, ich würde den Anblick von Ivy nie vergessen, wie sie erschlafft und ausgebreitet auf meinem Schoß lag, nachdem sie gekommen war, ihr Haar zerzaust, das Kleid hochgeschoben und ihren blühenden Hintern entblößend, ihre Säfte aus ihr herausflossen.

Ich massierte langsam ihre empfindliche Muschi, lobte sie und hob meine glänzenden Finger zu meinem Mund. Sie blickte über ihre Schulter, um zu sehen, wie ich meine Finger sauberleckte, ihren moschusartigen Geschmack auf meiner Zunge brennend.

Das ist nicht genug. Ich will mehr.

Ich zog sie auf meinen Schoß, ihre Beine spreizten sich über meinen Hüften. Sie wimmerte, spürte mein steifes Glied über ihrer Muschi reiben, während ich ihre Kleidung zurechtrückte, ihre Haut streichelte und ihr half, nach dem Höhepunkt wieder auf den Boden der Tatsachen zurückzukommen. Ihre blauen Augen wirkten verschleiert, als ich die Tränen von ihren geröteten Wangen wischte und meine Hand durch ihr Haar strich.

»Alles in Ordnung?«, fragte ich und hob eine Braue, vollkommen zufrieden mit ihrem Zustand. Wie zerstört und schön sie aussah. Der Gedanke, dass jemand anderes sie jemals so sehen könnte, machte mich rasend – *nein,* sie gehörte mir. Ich würde niemals jemand anderem die Chance geben, sie mir wegzuschnappen. Nicht, wenn ich wusste, wie sehr sie es liebte, ein schmutziges, unreines Mädchen für mich zu sein.

Sie nickte mit einem benommenen Ausdruck auf ihrem Gesicht. »Mhmm.«

Ich ignorierte die Tatsache, dass sie wegschaute, als sie antwortete. Ich würde ihr später beibringen müssen, mich anzusehen, wenn sie mir antwortete. Ihr Schwarm hatte sie gerade versohlt, mit den Fingern gefickt und sie gebeten, sein Sperma zu schlucken. Sie war nicht in Ordnung.

»Tut es dir weh?«

»Weh?«

Mit meinen Händen auf ihrer Taille zog ich sie auf

meinen harten Schaft, rieb über ihre glitschige Muschi. Ihre Augen weiteten sich, während sie mein Hemd umklammerte. »Oh, verdammt.«

Ivy wölbte ihren Rücken, leckte sich über die Lippen und schüttelte den Kopf. »Nein, es tut mir nicht weh. Bitte fick mich, Aiden.«

9
SPREIZ DEINE BEINE

IVY

Er lachte leise, und der Klang seines tiefen, rauchigen Lachens breitete sich über meinen Körper aus und nistete sich zwischen meinen Beinen ein. *Verdammt, ich will ihn wirklich.* Besonders wie sein Grinsen sein gutaussehendes Gesicht erhellte, wie sich seine Augenwinkel kräuselten und wie seine dunklen Augen vor purer Lust glänzten.

Aiden hielt mein Kinn fest, zog mich nah an sich heran und presste seine Lippen auf meine. Er knurrte und knabberte an meiner Unterlippe: »So ein gieriges kleines Blütenblatt.«

Ich lächelte und schmiegte mich näher an ihn, sog seinen würzigen männlichen Duft ein und zog an den Locken seines Haares. Er stöhnte und zog mich noch näher an sich, wenn das überhaupt möglich war, seine Hände hielten meine Hüften und glitten nach unten, um meinen Hintern zu umfassen.

Ein Wimmern entwich meinen Lippen, als ich spürte, wie er unter mir hart wurde. Ich war nach dem Spanking klatschnass, und selbst nach diesem atemberaubenden Orgasmus wollte ich mehr.

Mehr von Aiden.

Ich löste mich, als er uns zu seinem Tisch brachte, meine Beine fest um seine starken Hüften geschlungen. Aber dann wurde ich von seinem Hals und der glatten, gebräunten Haut abgelenkt. Ich küsste ihn unter seinem Ohr, leckte und knabberte mich seinen scharfen Kiefer hinunter bis zu seinem Schlüsselbein. Seine Hände umfassten meinen Hintern fester, aber er hielt mich nicht auf.

Aiden setzte mich auf die Kante seines Schreibtisches und schob alles zur Seite. Ich riss meine Augen auf. Ich konnte nicht glauben, dass er seine Notizen und Tagebücher für mich wegschob. Er war immer organisiert und hielt alles in perfekter Ausrichtung, bis zu dem Punkt, dass er genervt war und es bemerkte, wenn jemand anderes seine Sachen berührte. Und dass er für mich seine Schreibutensilien wegschob-

Aiden schaute mich mit seinen grau-schwarzen Augen an, seine Lippen geschwollen, sein Hemd zerknittert und die Krawatte gelöst, mit seiner harten Erektion, die in meine Richtung ragte. Ich rückte auf dem Schreibtisch nach hinten, biss mir auf die Lippe, als ich das Brennen auf meinem Hintern von seinem Spanking spürte, was ihn amüsierte.

Seine Finger streiften meinen Oberschenkel, und ich hielt den Atem an, als er den Saum meines Kleides hielt und es mir vorsichtig über die Arme streifte, es wegwarf und mich in nichts als meiner nicht zusammenpassenden Spitzenunterwäsche zurückließ. Seine Augen betrachteten meinen Körper, als würde er mich mit seinen lusterfüllten Augen ablecken, streiften über jeden Zentimeter meiner Haut, bis ich selbstbewusst genug war, um meinen BH zu öffnen.

»Lass mich«, sagte Aiden, trat näher, spreizte meine Schenkel und stellte sich zwischen sie, um meinen BH mit einem Handgelenksdreh zu entfernen, und fluchte leise, als seine Augen auf meine schweren Brüste fielen.

Ich beschäftigte mich damit, seine Krawatte und sein Hemd zu entfernen, ließ meine Hände über seine Bauchmuskeln gleiten, berührte ihn. Er erschauerte, lehnte sich näher heran und küsste meinen Hals, während er seine Boxershorts und Hose auszog. Mein Rücken berührte das kalte Holz seines Schreibtisches, als seine Küsse hungriger wurden, seine Zunge über meine Brustwarze glitt und er meine andere Brust knetete und kniff.

Ich keuchte, als ich das Geräusch von reißendem Stoff hörte und riss meine Augen auf, als Aiden die zwei winzigen Stoffstückchen meiner Spitzenunterwäsche wegwarf. Ich beobachtete, wie er sich hinunterbeugte, meine Schenkel packte und mich näher zog, sodass mein nacktes Geschlecht vor seinem Gesicht war. Ich biss mir auf die Lippe und schwelgte in dem, was ich sah.

Aiden, der vor meinen gespreizten Schenkeln kniete. Es war ein wahr gewordener Traum. Er leckte und küsste meine Innenschenkel, seine dunklen, intensiven Augen blickten zu mir hoch und beobachteten, wie ich errötete.

»Oh-*Aiden!*« Ich schrie und stöhnte halb, als er meine Pussy bis zum Kitzler leckte, seine Zunge um meinen empfindlichen Knoten flatterte und rollte, während ich meine Augen zusammenkniff und meine Hüften bewegte.

Ich war noch nie zuvor von einem Mann so berührt worden. Nein-*nicht* berührt. Was Aiden tat, nannte man verschlingen und anbeten.

Er küsste meine feuchten Lippen und leckte mich, stöhnte und brummte bei meinem Geschmack, was in meinem ganzen Körper widerhallte und mich noch mehr feucht werden ließ. Seine Finger verstärkten die Lust, als er mich fickte, während er meinen Kitzler saugte.

Ich ließ ein kleines Wimmern heraus und bewegte meine

Hüften gegen seinen heißen Mund. »Bitte, Aiden, ich *brauche* dich.«

Er zog sich nur zurück, um sich die Lippen zu lecken, *meine* glänzende Erregung von seinen Lippen zu lecken. *Heilige Scheiße.* »Ist das so?«, säuselte er und neckte mich mit seinen Fingern und seiner samtigen, tiefen Stimme.

Ich bog meinen Rücken durch und nickte hilflos. »Ich brauche dich so sehr!«

»Dann *bettle* darum«, flüsterte er und küsste meinen Hüftknochen. »Bettle um meinen Schwanz, Blütenblatt.«

Ich wimmerte, als ich seine schmutzigen Worte hörte. Als ich nicht antwortete, neckte er mich weiter und hielt meinen Orgasmus am seidenen Faden, sodass ich nicht kommen konnte. *Ich wusste, warum er das tat. Ich hatte es in meiner Fantasie aufgeschrieben.* Ich wollte, dass er mich dominiert und mich um Lust betteln lässt.

»Ich brauche dich, Aiden.« Ich holte tief Luft und sagte: »Ich brauche deinen Schwanz.«

Er lächelte zu mir hinauf. »Du brauchst mich wo?«

Mistkerl.

»Da unten«, flüsterte ich.

Aiden hob seine Augenbrauen und neigte seinen Kopf mit einem kleinen Schmunzeln. »Du willst, dass ich deinen Arsch ficke?«

Ich starrte ihn an und schüttelte schnell den Kopf. *Meinte er das wirklich ernst? Mein Arsch-*

»Wo brauchst du dann meinen Schwanz?«, fragte er und wartete.

Töte mich jetzt.

Ich schluckte den Kloß in meinem Hals herunter und sagte: »Ich brauche deinen Schwanz in meiner Pussy. Ich brauche dich zum Ficken, Aiden. *Bitte.*«

Aiden schien mit meiner Antwort äußerst zufrieden zu

sein, als er mir auf die Schulter klopfte und sagte: »Das ist mein braves Mädchen.«

Ich errötete und beobachtete, wie er sich zu seiner vollen Größe aufrichtete. Vollkommen nackt vor mir. Seine breiten Schultern, sein muskulöser Brustkorb, seine starken Oberschenkel und sein gehärteter Schaft. Ich leckte mir die Lippen, als ich beobachtete, wie er sich selbst pumpte, und fragte mich, wie ich es geschafft hatte, seine Länge in meinen Rachen zu bekommen.

Aiden zog mich näher, küsste mich und forderte mich auf, meine Beine für ihn zu spreizen. Ich schlang meine Beine um seinen Oberkörper, spürte, wie sich seine Muskeln verschoben, als er sich über mich bewegte, und dann *fühlte ich es*.

Der dicke Kopf seines Schwanzes strich über meinen Eingang, schmierte uns beide ein, als ich tief Luft holte und seine Arme festhielt, als er hineinschob. Ich biss mir auf die Lippe bei dem stechenden Schmerz, als er weiter drückte, bis er vollständig in mir war. Ich fühlte mich so ausgefüllt und nass und geil, dass ich ihn nie loslassen wollte, das angenehme Gewicht seines Körpers über mir, die Art, wie sein heißer Atem über meinen Hals strich, oder die Art, wie er mich küsste. Als ob sein Verlangen, mich zu küssen, größer war als sein Verlangen zu atmen.

»Bitte, beweg dich, Aiden«, sagte ich und versuchte, meine Atmung zu kontrollieren, als er mich ansah.

»Sag meinen Namen noch einmal«, stöhnte er, zog sich zurück und stieß in mich hinein. »*Sag. Ihn.*«

»Aiden«, sagte ich atemlos, hielt mich an seinen Schultern fest und kratzte über seinen Rücken, als er sein Tempo erhöhte.

Seine Stöße waren kraftvoll und stark, jedes Mal, wenn er tief in mich eindrang und meinen empfindlichen Punkt traf. Ich stöhnte entweder seinen Namen oder sagte ihm, er solle tiefer, härter oder schneller gehen. Er erfüllte meine Wünsche und küsste meine Brüste, während ich meine Hüften hob, um jeden seiner Stöße zu treffen.

Ich stöhnte über seinen Verlust, als er sich zurückzog. Aber an seinem Blick erkannte ich, dass er andere Pläne hatte, und eine Sekunde später war ich über den Schreibtisch gebeugt. *Verdammt.*

Er packte meinen Nacken und knurrte: »Spreiz deine Beine.«

Ich tat es und wimmerte, als er in mich hineinrammte und meinen Hintern schlug. Ich hob meine Hände und hielt mich an der Kante des Tisches fest, während Aiden mich besinnungslos fickte. Seine Stöße waren entweder langsam und tiefer, oder hart und schnell, abwechselnd zwischen beiden Arten. Alles, was ich tun konnte, war wimmern und seinen Namen stöhnen. Ihn nehmen, während er drückte und zog, schlug und quetschte. Ich konnte die nassen Geräusche hören, die unsere Körper machten, wenn er hineinstieß und sich zurückzog. Den Klaps hören, wenn er meinen Hintern schlug. Unser schweres Atmen und wie er meinen Namen sagte.

Sex hatte sich noch nie *so* angefühlt. Ich wusste nicht, dass es für mich so lustvoll und so erotisch sein konnte. Ich hatte in meinen Fantasien Recht – Aiden Stone konnte *ficken.*

Verdammt, ich war sicher, dass er das Wort erfunden hatte.

Aiden lehnte sich näher, mein Rücken an seiner Brust, als er seine Hüften rollte, mich fickte und jedes Mal tiefer ging. Seine Hand senkte sich zwischen uns, und ich stöhnte, umklammerte ihn, als seine Finger über meinen Kitzler rieben.

»Ja, Schätzchen, genau so, lass es los, komm für mich«, flüsterte er in mein Ohr, seine tiefe, heisere Stimme trieb mich an, als er in mir pulsierte und auf mich wartete, damit wir zusammen kommen konnten.

Nach zwei kraftvollen Stößen kam ich mit ihm tief in mir. Wir stöhnten beide die Namen des anderen und blieben still, als ich ihn in mir spürte. Er drehte mich sanft um und küsste mich, fragte mich, ob es mir gut ging.

Ich nickte, wissend, dass ich etwas Zeit brauchte, bevor ich meine Stimme benutzen konnte.

Aiden steckte eine Strähne meines Haares hinter mein Ohr, seine dunklen Augen bewunderten meinen nackten, geröteten Körper. Ich schämte mich für meine Kurven, der Drang, mich zu verstecken und zu bedecken, nahm mit jedem Atemzug zu, aber all das verschwand, als er flüsterte: »Wenn ich könnte, würde ich dir nie ein Stück Kleidung erlauben.« Seine Stimme war tief und rauchig. »Du bist so verdammt schön, Blütenblatt. Ich möchte dich jeden Tag so sehen, in postkoitalem Glück.«

Meine halb geschlossenen Augen trafen seine, als er seine Lippen gegen meine Stirn drückte. *Meinte er, dass es für ihn genauso real war wie für mich?* Ich beobachtete, wie er das Kondom entfernte, von dem ich gar nicht bemerkt hatte, dass er es aufgezogen hatte, ohne dass ich es mitbekommen hatte.

Ich betrachtete seinen festen Hintern, als er das Kondom entsorgte. Ich lag auf dem Schreibtisch und fragte mich, ob meine Träume gerade wahr geworden waren. Ich ignorierte das nagende Gefühl in meinem Magen, das mich fragte, was als nächstes passieren würde. Er kam zurück, in seine Hose gekleidet, aber mit aufgeknöpftem Hemd, und half mir beim Säubern. Ich wurde die ganze Zeit rot, besonders als er die Haken meines BHs für mich schloss und mir zuzwinkerte, als er die beiden Teile meiner Unterwäsche in seine Tasche steckte.

»Also, ich sehe dich nächste Woche?«, fragte ich hoffnungsvoll, nachdem ich mein Kleid angezogen hatte. Er trug sein Hemd ohne Krawatte, und ich konnte den Hauch von gebräunter Brust darunter sehen, mit dem kleinen Knutschfleck, den ich ihm auf seinem Schlüsselbein verpasst hatte.

Aiden zog mich näher, küsste mich hungrig und ließ mich atemlos zurück, als wolle er mir antworten, aber der schrille Ton eines Klingelns ließ uns von dem sengenden Kuss zurückfahren, während wir einander anblinzelten und versuchten, aus dem Taumel herauszukommen. Ich schluckte den Kloß in meinem Hals herunter, als er sich zurückzog, stirnrunzelnd auf seinen Bildschirm schaute und mir sagte, dass er rangehen müsse.

Ich fühlte mich nackt und kalt ohne die Wärme seines Körpers und sah auf die Uhr. Unsere Sitzung war seit über einer Stunde vorbei. Sogar die Sonne war untergegangen, und es wurde dunkel. Sein Büro roch nach Sex und moschusartigem Parfüm. Seine Schreibwaren lagen auf dem Boden verstreut, und mein Tagebuch lag offen auf der Couch.

»Ja.« Aidens Stimme war knapp, als er jemandem am Telefon antwortete und sich mit der Hand durch die Haare fuhr. Seine Augenbrauen waren zusammengezogen, und auf seinem Gesicht war Ärger zu sehen.

Vielleicht sollte ich ihm Raum geben, bis das Gespräch beendet ist.

Ich strich mir durch die Haare und stand mit wackeligen Beinen auf, seine dunklen Augen musterten mich und brachten mich zum Erröten. Ich erschauerte, als ich seine durchdringenden Augen auf mir spürte, während ich meine Tasche packte und noch mehr errötete, als ich das Tagebuch und die zerknitterten Seiten einsammelte, die alles ausgelöst hatten.

»Ich rufe dich später zurück. Ich habe eine Patientin.«

Ich richtete mich auf und spürte seine große Gestalt hinter mir. Ich stellte mich ihm gegenüber, wappnete mich und öffnete meinen Mund, aber er musste auch etwas sagen.

»Geht es dir gut, Blütenblatt?«

Seine dunkelgrauen Augen waren sanft und schauten mich mit einem besorgten Ausdruck auf seinem Gesicht an. Ich nickte und ballte meine Hände zu Fäusten, weil Abstand zwischen uns war. Nicht nur körperlich, sondern...

Haben wir einen Fehler gemacht? War das alles ein Fehler? Bereut er es?

»*Ivy-*«

Ich konnte es nicht ertragen, es zu hören. Wenn es ein Fehler war, wollte ich es nicht hören, wenn ich mich so offen und verwundbar fühlte.

»Ich sollte gehen. Ich werde dich bald sehen.« Ich zwang mich zu einem Lächeln und bewegte mich, um meine Tasche zu holen und aus dem Raum zu kommen, weg von ihm und seinem intensiven Blick, so weit wie ich konnte.

Wird er es bereuen und mir beim Abendessen sagen, ich soll es vergessen? 'Es tut mir leid, Ivy. Du bist nicht mein Typ. Es war ein Fehler.' Wird er wie Jason sein und mir sagen, ich soll abnehmen, damit ich enger werde, oder würde er mich nur berühren, wenn er betrunken oder high ist?

Eine warme Hand schloss sich um mein Handgelenk und zog mich zurück. Meine Lippen öffneten sich, als Aiden meine Wange umfasste und mich sanft küsste. Der Kuss war so zärtlich, dass ich fast zu einer Pfütze schmolz, warme Schmetterlinge flatterten in meinem Bauch, als sich seine Lippen gegen meine bewegten.

Sein heißer Atem strich über meine Wange, als er sich zurückzog und mich mit seinen dunklen, stürmischen Augen anschaute. »Ich bereue nichts von dem, was wir getan haben, Blütenblatt. Es war kein alberner, geiler Fehler. Ich wollte es. Ich wollte *dich.*« Sein Daumen streichelte meine Wange. »Ich will dich, Ivy. Wenn... wenn du Bedenken hast, werden wir darüber reden. Wir müssen darüber reden. Aber nicht hier.«

Ich blinzelte ihn geschockt, überrascht und erleichtert an, als er zurücktrat, meine Hand zu seinem Gesicht hob und meine Knöchel küsste. Mein Herz stockte bei diesem Anblick. Niemand hatte je meine Knöchel geküsst, und trotz allem, was wir getan hatten, ließ mich das erröten.

»Wir werden reden, wenn ich nach Hause komme, okay?«

Ich nickte zittrig. Ich war mir nicht sicher, ob irgendetwas real war. Er hatte all meine Verwirrung und Schuldgefühle ausgeräumt, indem er mir seine Wünsche und Bedürfnisse mitteilte und mir versicherte, dass er mich wollte. *Heilige Scheiße.* Aiden wollte mich. Mein Kindheitsschwarm wollte mich. *Iiiiiih!*

Sein Blick wurde dunkler, als er mit seiner samtigen Stimme sagte: »Benutze deinen Mund, Ivy, und antworte mir.«

Ich stellte mich auf die Zehenspitzen und drückte meine Lippen auf seine Wange. Ich strahlte ihn an. »Ich werde deine Lieblings-Limettentorte machen, und wir werden reden.«

Ein Ausdruck seltsamer Überraschung huschte über sein Gesicht. »Mach weiter mit deinen täglichen Hausaufgaben, aber schreibe noch eine andere Fantasie dazu.«

Ich blinzelte und nickte, als er leicht auf meinen Hintern klatschte. »Bis später zu Hause, Blütenblatt.«

10
DARF ICH ZU DIR KOMMEN?
IVY

Ich summte vor mich hin, während ich den Key Lime Pie fertig backte und meine Schürze abnahm. Ich überprüfte mein Handy und sah drei verpasste Anrufe von einer unbekannten Nummer. Jason benutzte eine andere Telefonnummer, um mich anzurufen, während Amanda mir schrieb, ich solle die Finger von ihrem Mann lassen. Ich verdrehte die Augen und blockierte sie ebenfalls.

Zara hatte mir ein süßes Bild von Hayden geschickt, wie er mit der Tochter des Sultans von Azmia spielte. Sie war erst ein Jahr alt und Zara liebte ihre Nichte, genau wie mein Bruder. Ich wusste, dass beide großartige Eltern sein würden. Ich konnte immer noch nicht glauben, dass meine beste Freundin mit meinem Bruder verheiratet war und ich bald Tante werden würde. Ich konnte es kaum erwarten, ihr Baby mit köstlichen Süßigkeiten zu verwöhnen und ihm alles zu kaufen, was es wollte.

Ich summte weiter und legte mein Handy beiseite, da es Zeit war, dass Aiden nach Hause kam. Mein Grinsen war breit, als die Klingel ertönte, und ich öffnete eifrig die Tür, ohne zu prüfen, wer auf der anderen Seite stand.

Eine schöne Frau stand auf der Veranda in einem Seidenkleid und hohen Absätzen. Ihr goldenes Haar glänzte, während sie mich von Kopf bis Fuß musterte, und mir wurde der krasse Unterschied zwischen uns bewusst. Ich trug ein gerüschtes Sommerkleid und meine Haare waren zerzaust vom Nachmittag, den ich mit Aiden verbracht hatte. Meine Wimperntusche muss verklumpt und verschmiert gewesen sein, während ihr Make-up makellos war.

»Ist das die Residenz von Hayden Knight?«, fragte sie, ihre Stimme sanft und feminin.

Ich hatte plötzlich das Bedürfnis, mir die Kehle zu räuspern, bevor ich antwortete. »Ja, er ist mein Bruder. Wer sind-«

»Du musst Ivy sein!« Sie lächelte und hielt ihre Hand vor sich hin. »Ich bin Addison. Du bist erwachsen geworden, seit ich dich das letzte Mal gesehen habe.«

Mein Herz rutschte mir in den Magen, als ich ihren Namen hörte, und langsam schüttelte ich ihre kalte Hand. Sie lud sich selbst ein, ging an mir vorbei und schaute sich um. Sie roch wie die Lobby eines Luxushotels, und ich war sicher, dass die Handtasche, die sie bei sich hatte, teurer war als meine Studiengebühren.

Vorsichtig schloss ich die Tür hinter mir und folgte ihr ins Wohnzimmer.

»Gibt es einen Grund, warum du hier bist?«, fragte ich und versuchte, höflich zu sein. Aber tief im Inneren wusste ich, dass ich sie nicht mochte. Ich hatte sie schon immer nicht gemocht, und ich wusste, dass sie das auch wusste.

Addison war Aidens Verlobte – Ex-Verlobte. Sie waren Highschool-Sweethearts und ich erinnere mich, wie sie sich immer an Aidens Arm klammerte, wenn ich sie zusammen sah. Ich hatte gesehen, wie sie schamlos mit meinem Bruder flirtete, wenn Aiden nicht in der Nähe war. Sie trennten sich einige Male, aber irgendwie kamen sie immer wieder zusammen.

Als Hayden mir erzählte, dass Aiden Addison einen Antrag machen würde, war ich traurig, aber erleichtert. Ich war zu der Zeit mit Jason zusammen und dachte, mein alberner Kindheitsschwarm würde verschwinden und Jason würde mir bald einen Antrag machen. Wie dumm ich doch war.

Addison neigte den Kopf zu mir und holte einen kleinen Spiegel und Lipgloss aus ihrer Handtasche. »Ich bin hierher gekommen, um mit Aiden zu sprechen«, sagte sie, während sie ihr Haar über ihre Schulter warf und Lipgloss auftrug. »Ich habe ihm etwas Wichtiges zu sagen.« Ihre Augen huschten zu mir, als sie den Spiegel zuklappte, und ich musste einen Schauer unterdrücken, als ich sah, wie kalt sie waren.

»Keine Sorge, Ivy. Ich werde nicht viel Zeit in Anspruch nehmen.« All ihre Bewegungen waren anmutig und elegant, was mir sehr bewusst machte, wie ich mit meinen Fingern in meinem Schoß herumfummelte. »Also, wie läuft dein Studium? Ich habe gehört, du studierst Betriebswirtschaft.«

Sie versuchte, Smalltalk zu machen, also ließ ich mich darauf ein.

Zum Glück hörte ich Aidens Auto und wusste, dass er zu Hause war.

Aiden

»Rate mal, was ich auf dem Rückweg hierher gefunden habe, Petal.« Ich hatte ein kleines Lächeln auf den Lippen, als ich die Haustür hinter mir schloss und auf die Schachtel mit Macarons schaute, die Ivys Lieblingsnascherei waren.

Nach meinem Anruf wusste ich, dass sie unruhig war. Ich

musste sicherstellen, dass sie wusste, dass wir auf derselben Seite standen, was das, was wir getan hatten, betraf. Ich roch immer noch nach Sex und nach ihr, und verdammt, es war das beste Gefühl überhaupt.

Ich wollte sie wieder ficken.

»Aiden.«

Mein Lächeln verschwand, als ich diese Stimme hörte. Ich blieb im Flur wie erstarrt stehen, als ich ihr goldenes Haar in perfekt geringelten Wellen sah, ihr Gesicht scharf und die Augen kalt, als sie den Kopf neigte und auf mich und die Schachtel in meinen Händen schaute.

»Was zum Teufel machst du hier?« Meine Stimme war harsch genug, um jeden zusammenzucken zu lassen, aber es wirkte nicht bei Addison. Es hat nie funktioniert. Sie bräuchte ein Herz und Gefühle, um zu wissen, dass ich sie verlassen habe, weil ich wütend auf sie war, enttäuscht und unglücklich in unserer sogenannten Beziehung.

»Addison sagte, sie wolle mit dir reden.« Meine Augen huschten zu Ivy. Ihre großen blauen Augen wirkten besorgt, als sie von der Couch aufstand. »Ich werde in meinem Zimmer sein.«

»Es wird nicht lange dauern, bis sie geht.« Ich funkelte meine Ex an, als Ivy uns allein ließ. Ich ignorierte ihren Blick auf mich, als ich die Schachtel mit Macarons auf der Kücheninsel abstellte. Ich starrte auf den Key Lime Pie und verschränkte die Arme vor der Brust, ihr zugewandt. »Was willst du?«

»Ich bin schwanger.«

Meine Stirn runzelte sich, als ich ihr Gesicht und ihren Bauch anstarrte. Ich biss die Zähne zusammen und fragte mich, ob sie... *nein*. Nicht mit ihr, aber was wenn sie es war?

»Von wem ist es? Denn soweit ich weiß, hattest du in unserer Beziehung mit mehr als einer Person Sex.«

»Wir waren verlobt, Aiden.«

Ich lachte und steckte meine Hände in die Taschen. »Wir *waren* es, Addison. Ich möchte, dass du einen Vaterschaftstest machst. Ich habe immer Verhütung benutzt.«

Ihr Blick verengte sich, während sie durch das Haus ging, und ich hasste, dass Ivy sie hereingelassen hatte – *warte.* »Woher wusstest du, dass ich hier bin?« Ich hatte meine Taschen gepackt, nachdem ich sie mit ihrem Chef in unserem Penthouse erwischt hatte, und war gegangen, wobei ich meinen Ring auf dem Couchtisch liegen ließ. Ich hatte ihre Nummer blockiert und sichergestellt, dass sie mich nie wieder kontaktieren konnte.

Sie zögerte und schaute mich von den Bilderrahmen an, die an der Wand hingen.

»Ich hatte Haydens Adresse auf meinem Handy gespeichert.«

Natürlich hatte sie das. Hayden hatte mich vor zwei Jahren auf diesem Schiff gewarnt, dass sie mit ihm flirtete, aber ich hatte es ignoriert und dachte, Alkohol hätte etwas damit zu tun, aber ich war so verdammt dumm und naiv. Hayden hatte mich gewarnt, dass sie nur wegen meines Geldes mit mir zusammen war, aber ich war zu verliebt in sie, um das jemals zu glauben.

»Seine Schwester ist immer noch süß«, kommentierte sie und zeigte auf ein Bild, das uns alle drei zeigte, mich, Ivy und Hayden, als wir Kinder waren.

»Addison.« Ich wollte sie nicht unter dem Dach meines besten Freundes haben. Wollte sie nirgendwo in der Nähe meiner süßen Ivy. »Weißt du, wer der Vater ist?«

Sie richtete sich auf und schaute mich mit ihrem unbeirrbaren Blick an. »Ich wollte dich wissen lassen, bevor-«

»Bevor du einen Vaterschaftstest machst? Das war dein bescheuerter verdammter Plan? Du denkst, ich würde zu dir zurückkommen, nur weil du schwanger bist?« Ich atmete tief ein und beruhigte mich. »Ich möchte, dass du morgen früh den Vaterschaftstest machst. Wenn du das nicht tust, werde ich meine Anwälte anrufen lassen.«

Ihre Augen weiteten sich und ihre Wangen erröteten, als sie in ihren hohen Absätzen auf mich zukam. Ihr dunkles Kleid war aus Seide und sah teuer aus. Sie sah nicht aus wie Ivy. Sie roch nicht nach Vanille oder kleidete sich in übergroße Kleidung und spielte nicht mit ihren Fingern, wenn sie nervös war.

Verdammt.

Was zum Teufel dachte ich da?

Natürlich ist Addison nicht Ivy. Warum zum Teufel verglich ich sie dann?

Ich muss mir irgendwo den Kopf gestoßen haben.

»Du kannst keine Anwälte auf mich ansetzen. Ich bin hier für dich, Aiden.« Ihre Wangen waren rot und ihre Stimme wurde schrill. »Bitte, hör mir einfach zu. Was du an diesem Tag mit Jeremy gesehen hast...«

Ich atmete noch einmal tief ein und antwortete: »Hat er dich zum Sex mit dir genötigt?«

Sie blieb stumm.

»Hat er deine Hand gehalten, dich gezwungen, den Zugangscode unseres Penthouses einzugeben und Sex in unserem Schlafzimmer zu haben, das wir uns seit zwei Jahren geteilt haben?« Ich fragte, obwohl ich die Überwachungsaufnahmen gesehen hatte, wie sie sich im Aufzug küssten, dann im Flur, bevor sie ihn anlächelte und ihren eigenen Chef an seiner Krawatte in unser Penthouse zog. »Oh, Entschuldigung. Ich habe gesehen, wie du ihn geritten hast und seinen Namen auf der Couch gestöhnt hast, die wir zusammen gekauft haben, während mein Ring an deinem Finger war.«

Sie schüttelte den Kopf, Tränen glitzerten in ihren Augen.

Als sie schwieg, fiel mein Blick auf den Boden. »Ich war bereit, mit dir zu einer Paartherapie zu gehen.« Ein Lachen bahnte sich seinen Weg aus meiner Kehle, bevor ich ihr schockiertes Gesicht ansah. »Ich weiß. Ich war dumm genug, eine Therapie für uns beide in Betracht zu ziehen... zu versuchen, die Verlobung zu retten, aber dann wurde mir klar, dass ich dich nie geliebt habe, Addison.«

»Aber ich habe dich geliebt, Aiden!«

»Wir waren törichte Kinder, die nur Lust füreinander empfanden. Nichts weiter. Ich erinnere mich nicht daran, wie du ohne Make-up aussiehst, wann wir unseren jährlichen Jahrestag hatten oder was du überhaupt gerne in deiner Freizeit machst. Wir sind nie zu Verabredungen und Abendessen ausgegangen, und wenn doch, dann war es nur zur Schau. Entweder für deine Eltern oder für irgendeine Modegala.«

Addison blinzelte mich an und schüttelte den Kopf. »N-nein, nein, ich erinnere mich, dass wir Dates hatten, Aiden. Wir... wir haben uns auf unsere eigene Weise geliebt.«

»Warum habe ich mich dann so elend in unserer Beziehung gefühlt? Warum hast du mich betrogen?« Ich schüttelte den Kopf, eine Kopfschmerzen bildeten sich in meinem Kopf. »Ich habe genug von dir, Addison. Bitte geh und sieh mich nie wieder.«

Ich ließ sie ihre Tränen abwischen, während ich auf den Fernseher starrte und mich an die Filmnacht mit Petal erinnerte. Ich wollte sie halten. Ihre weiche Haut streicheln und sie bitten, mit mir über alberne Dinge zu reden, damit ich stundenlang ihre süße Stimme hören konnte.

»Liebst du sie?«

Ich schaute Addison an, ihre zusammengepressten Lippen, als sie auf den Bilderrahmen starrte und mir ein trauriges Lächeln schenkte. »Ich meinte Haydens Schwester. Ivy. Du hast sie immer mit einem besonderen Spitznamen gerufen, als wir in der Highschool waren. Petal, richtig?«

Mein Kiefer spannte sich an, als sie fortfuhr, ihre Stimme

leise: »Ich war immer eifersüchtig auf sie. Ich wusste, sie war nur ein Kind, aber die Art, wie sie dich ansah, als wärst du ihre ganze Welt, als könntest du nie etwas falsch machen, sie beschützen. Ein Märchenprinz – sie schaut dich immer noch so an, weißt du.« *Ich weiß.* »Sie war so süß, backte immer zusätzliche Kekse für mich, selbst als ich so eifersüchtig auf ein Kind war, nur weil du sie so sehr liebtest.«

Ich erstarrte, als ich ihr Geständnis hörte.

»Und ich dachte, ich könnte nie mit dem mithalten.« Ein kleines Schluchzen entriss sich ihren Lippen, als sie ihre Tränen abwischte. Ihre Nase und ihre Wangen waren gerötet. »Ich konnte nie mit dem mithalten, was du und Ivy hattet – *habt.* Also versuchte ich, dich zu lieben, dir all meine Perfektion zu zeigen und all meine Fehler zu verstecken, weil ich dich nicht auch verlieren wollte, Aiden. Als es nicht ausreichte, dich nach Denver zu bringen, deutete ich auf unsere Zukunft hin und du hast mir am nächsten Tag einen Antrag gemacht. Du bist ein töricht loyaler Mann, Doktor Aiden Stone.« Sie lachte schwach und atmete tief ein, bevor sie sich mir stellte. »Aber jetzt musst du ihr gegenüber loyal sein, weil sie es verdient.«

Addison holte ein Papier aus ihrer Handtasche und reichte es mir. »Es tut mir leid, ich habe dich angelogen.«

»Was?« Ich faltete es auf und sah, dass in dem Test ihr Name als Mutter und der Name ihres Chefs als Vater stand.

»Ich weiß, wer der Vater ist, ich wollte nur... Ich weiß nicht, deine Reaktion sehen und ich hatte Recht. Tut mir leid dafür.« Sie streichelte ihren Bauch und ignorierte meinen zornigen Blick. »Es ist Jeremys, aber ich bin nicht sicher, ob ich das Baby behalten werde. Ich bin hierhergekommen, um Auf Wiedersehen zu sagen und... du musst dir keine Sorgen machen, mich jemals wiederzusehen.«

Meine Augen weiteten sich, »Addison, bist du-«

Sie lächelte und schüttelte den Kopf. »Nein, du musst

lernen, dein Therapeutengehirn im Büro zu lassen. Ich ziehe nach London um. Bessere Jobmöglichkeiten.«

Ich nickte und verarbeitete alles, was sie gesagt hatte. Sie machte weiter und verließ das Land. Obwohl wir uns gegenseitig für Geld, Status und Sex benutzt hatten, war ich erleichtert zu wissen, dass es ihr alleine gut gehen würde. *Vielleicht kann ich ihr eine Liste mit Therapeuten mailen, wenn sie sich in London niedergelassen hat.*

Sie stellte die vertraute Ringschachtel auf die Kücheninsel. Dieselbe, die ich vor ihr auf meinen Knien geöffnet hatte.

»Du solltest sie gut behandeln, Aiden.« Ihre Stimme war gebrochen. »Oder ich erzähle es ihrem Bruder. Ich habe gehört, er ist jetzt ein Prinz, also musst du aufpassen.«

»Ich werde sie gut behandeln.« Meine Stimme fühlte sich schwer an und ich konnte nicht anders. Ich zog sie näher zu mir und umarmte sie ein letztes Mal. »Pass auf dich auf, Addison.«

Sie schniefte und trat zurück, lächelte mich an. »Das werde ich. Auf Wiedersehen.«

Ich sah zu, wie sie mit erhobenem Kinn aus dem Haus ging, und ich wusste, dass sie in Ordnung sein würde. Ich lehnte mich an die Theke zurück und seufzte.

Das war ein verdammt langer Tag.

Ich sollte mit Ivy reden. Ich muss mit ihr reden.

Ich klopfte an ihre Tür, öffnete sie und fand ihr Zimmer leer vor. Die Dusche lief und die Tür stand einen Spalt offen. Mein Schwanz drückte gegen die Enge meiner Hose, als ich an ihren nackten Körper dachte, der unter dem warmen Wasser duschte.

Als Gentleman klopfte ich an ihre Badezimmertür und hörte sie quieken, was mich zum Lächeln brachte. »Ich bin's, Aiden, Petal. Darf ich zu dir kommen?«

Sie antwortete für ein paar Sekunden nicht und ich runzelte die Stirn und fragte mich, ob sie mich gehört hatte.

»Aber ich bin nackt.«
»Und dein Punkt ist?«
»Du willst mit mir duschen?«
»Ja. Vorzugsweise ohne Kleidung.«
»K... komm rein.«
Ivy musste mir das nicht zweimal sagen.

11
BRAVES MÄDCHEN
IVY

»Ich bevorzuge die Fliederfarbe.«

»Natürlich tust du das.«

Ich schmollte und klimperte mit meinen Wimpern, aber er stubste meine Nase an und sagte: »Sei brav.« Aiden ging hinüber, um einen anderen Vorhang anzusehen.

Wir waren bei IKEA, kauften Möbel und die notwendigen Sachen für Aidens neues Zuhause. Nachdem er sich komplett nackt zu mir unter die Dusche gesellt hatte, hatte er meine Haare mit Spülung behandelt, als ich ihm sagte, dass ich sie bereits gewaschen hatte, und mich gebeten – nein, befohlen –, ruhig zu bleiben und meinen Rücken durchzudrücken, als er auf dem Badezimmerboden kniete, um mich oral zu verwöhnen. Ich wäre ausgerutscht und hätte mir eine Gehirnerschütterung zugezogen, als ich nach ein paar Minuten zum Höhepunkt kam, wenn sein Arm mich nicht gehalten hätte.

Als wir endlich aus der Dusche kamen und uns angezogen hatten, erzählte er mir, dass er mit mir feiern wolle, weil er ein neues Zuhause bekommen hatte.

»Du hast ein Haus gekauft?« Ich war aufgeregt. Sehr aufgeregt. So sehr. Aber es bedeutete, dass er nicht mehr so oft in Haydens Haus sein würde. Es bedeutete, dass wir nicht mehr gemeinsam frühstücken oder zu Abend essen oder zusammen duschen oder nach einem gruseligen Film zusammen im Bett schlafen würden.

»Ja, Petal«, er drückte meine Hand auf dem Esstisch. »Ich...« Röte kroch seinen Hals hinauf, und ich war schockiert, Aiden Stone zum ersten Mal in meinem Leben nervös zu sehen. »Wenn du Zeit hast, kannst du morgen vorbeikommen und... bleiben? Wenn du möchtest.«

Ich wusste nicht, was ich nach seinen Worten verstehen sollte.

»Du willst, dass ich morgen zu deinem leeren neuen Haus komme und bei dir bleibe?«

»Ja. Nein.« Er fuhr mit der Hand durch sein Haar und sah mich an, sah mich wirklich an. »Ja, ich will, dass du bei mir bleibst. In meinem Haus. Zusammen. In verschiedenen Zimmern, wenn du das bevorzugst, aber ja. Und du musst mir nicht sofort antworten, denn wir müssen deinem Bruder von unserer Beziehung erzählen, und es kann wirken-«

Ich winkte ihm zu und sprang von meinem Stuhl auf: »Warte. Warte. Was? Meinem Bruder erzählen? Beziehung?«

Er hielt meinen Blick stand. »Ivy, wir hatten keinen One-Night-Stand-«

»Technisch gesehen war es Nachmittag.«

»Willst du wieder einen Klaps bekommen?«

Ja, bitte.

Er nahm meine Hand und zog mich zwischen seine Oberschenkel. Es war süß und gleichzeitig heiß, wie wir beide nach meinem Duschgel rochen, aber er hatte seinen eigenen männlichen Duft, der an ihm haftete und an dem ich mich wie ein Blutegel festsaugen wollte.

Aiden fuhr fort: »Ich meine es ernst damit, Petal. Ich will

dich über diesen Tisch beugen und dich tief ficken und dir all die erniedrigenden Dinge ins Ohr flüstern, die dein hübsches Gesicht erröten lassen. Aber ich will auch morgen mit dir im selben Bett aufwachen und dir Frühstück machen, dann zusammen einkaufen gehen, weil wir wirklich müssen – es gibt kein Salz in diesem Haus.«

Ich kicherte und trat näher zu ihm. Seine große Hand drückte gegen meinen Rücken, als er mich auf seinen Schoß zog, seine Finger steckten mein Haar hinter meine Ohren, als wollte er, dass ich ihn sehe. Meine Wangen röteten sich unter seinem süßen, sanften Blick. Ich konnte ihm nicht einmal in die Augen sehen. Also konzentrierte ich mich auf sein Schlüsselbein und sagte: »Ich meine es auch ernst, Aiden. Ich meine... du hast all meine peinlichen Fantasien gelesen.«

»Mhm, das habe ich. Es war sehr schwer, dir nicht zu widerstehen, nachdem ich gelesen hatte, wie mein dicker, praller Schwanz deine triefend nasse Muschi gedehnt hat.«

»Hör auf, mich zu necken.«

»Niemals, Petal.«

Er grinste.

Stöhnend verbarg ich mein Gesicht an seiner Brust, als er mich näher zog und mein Haar küsste. »Wenn wir es beide ernst meinen, müssen wir es deinem Bruder sagen.«

»Er wird wütend sein.«

»Auf mich. Aber du bist wichtiger als seine alberne Beschützerrolle.«

Ich konzentrierte mich weiter auf meinen Daumen, der über die Stoppeln an seinem scharfen Kiefer strich. Ich erschauderte bei dem Gedanken, dass dieselben Stoppeln vor kurzem gegen meine Innenschenkel gerieben hatten.

»Was, wenn wir es vor ihm verheimlichen?«, fragte ich. »Ich will nicht, dass ihr beiden in dumme Streitereien geratet, und ich weiß, dass ihr es tun werdet.«

»Liebling, lass mich das mit ihm regeln. Wenn er von jemand anderem von uns erfährt, wird es ihn mehr verletzen.«

Aiden hatte Recht. »Na gut, wir können es ihm morgen sagen. Nachdem du mir dein Haus gezeigt hast.«

»Hm, ich bräuchte deine Hilfe bei einigen Dingen.«

Ich runzelte die Stirn. »Welche Dinge-*oh!*« Ich keuchte und stöhnte halb, als er mich über seine Beule zog und meine Hüften festhielt.

»Darüber können wir später reden, Petal. Hilf mir mit diesem dicken, harten Problem, das du verursacht hast.«

»Halt die Klappe.« Ich küsste ihn und fuhr mit meinen Fingern durch sein Haar, während er mich über seine Hüften bewegte.

In dieser Nacht schliefen wir nackt in seinem Bett.

Schnaubend folgte ich ihm, stampfte so laut mit den Füßen, wie ein Erwachsener es sich erlauben kann, »Entschuldige mal, ich bin brav.«

»Hm.« Seine Brauen waren auf niedliche Weise zusammengezogen, während er den Vorhang überprüfte und alle Beschreibungen auf dem Etikett las.

Wer liest das Etikett von allem? Offensichtlich der große Therapeut, von dem ich besessen bin.

»Gib mir kein *Hm,* das bin ich«, hob ich mein Kinn und zeigte auf die fliederfarbenen Vorhänge. »Du solltest diese nehmen. Oder etwas Pastellfarbenes wie-«

»Wie die rosa Unterwäsche, die du trägst?«

Ein Schauer der Lust lief mir über den Rücken, als ich seine schmutzigen Worte hörte. Er hatte immer eine Art, mich allein durch einen Blick oder ein paar Worte erröten zu lassen. Es machte mich verlegen und erhitzt.

»S-sie ist nicht rosa.« Ich sah weg von ihm und erinnerte mich daran, dass wir Bücherregale, ein Bett und-

Seine Hand umschloss mein Handgelenk und zog mich

mit ihm. Ich runzelte die Stirn über seinen Rücken, der in ein weißes Hemd mit hochgekrempelten Ärmeln gekleidet war. Was zum Teufel war passiert?

»Holen wir nicht die Vorhänge? Oder die Bücherregale? Bett?«

Aiden warf mir einen dunklen Blick zu und zog mich näher zu sich. »Die Vorhänge interessieren mich nicht, Petal. Was mich interessiert, ist ein unanständiges Mädchen zu bestrafen, das seinen Therapeuten immer wieder belügt, *hm?*«

Mein Gesicht glühte, als wir zum Parkplatz gingen, die Sonne hing über unseren Köpfen. Meine Füße wackelten bereits, während ich mich fragte, was er tun würde. Aiden öffnete die Beifahrertür für mich und ich setzte mich auf das warme Leder. Ich spürte die Feuchtigkeit meines Tangas.

»Was meinst du mit Bestrafung?«, fragte ich, meine Stimme atemlos, als das Auto mit einem Schnurren startete.

»Zieh deine Unterwäsche aus«, befahl er, seine grauen Augen forderten mich heraus, ihm nicht zu gehorchen, und ein kleiner Teil von mir wollte ungehorsam sein, sehen, was er tun würde, wenn ich mich nicht bewegte.

»Mach du es.« Ich wusste nicht, woher die Selbstsicherheit kam, ihm in die Augen zu schauen und ihm zu antworten, aber ich liebte die Art, wie er amüsiert aussah, mit einem kleinen Grinsen auf seinen Lippen.

»Sag bitte. Habe ich dir keine Manieren beigebracht?«

»N-nein. Ich...« Meine Beine zogen sich zusammen, als seine Finger über meinen nackten Oberschenkel strichen und die empfindliche Haut meines Innenschenkels kitzelten. Ich beobachtete, wie seine Hand über meinem Oberschenkel schwebte, und ich musste den Drang unterdrücken, sie zu halten und auf meine Haut zu drücken, die nach seiner Berührung brannte.

»Hör auf zu wimmern und sag bitte, Petal. Ich werde dich

anfassen und deine durchnässte Unterwäsche entfernen.« Sein Tonfall war spielerisch, und ich wusste, dass er mich neckte, erfreut darüber, wie leicht meine Wangen bei seinen spielerischen Worten rot wurden.

Ich ballte meine Hände auf dem Sitz und flüsterte: »*Bitte*.«

Lust wand sich fest in meinem Bauch, als er mich berührte. Seine heiße, große Hand auf meinem linken Oberschenkel zu sehen, ließ mich noch mehr feucht werden. Ich biss mir auf die Unterlippe, als er meine Haut drückte und mit seiner Hand über meinen Oberschenkel fuhr.

»Halte deinen Rock und hebe ihn für mich hoch.« Er befahl es, seine Stimme rau und samtig, was mich zum Zappeln bringen wollte.

»W-was, wenn jemand es sieht?«, stotterte ich, mein Puls hämmerte laut in meinen Ohren, als ich den Saum meines Rocks mit meinen Fäusten hielt. Wir waren immer noch auf der Straße und ich vertraute Aiden, aber ich hatte so etwas noch nie zuvor getan.

»Dann lass sie sehen.« Er sah mich an, seine Augen vor Lust verschleiert. »Ich will, dass alle wissen, dass mein kleines, unanständiges Mädchen gelogen hat und dafür bestraft wird.«

Ich kniff die Augen zusammen und hob meinen Rock bis zur Taille.

»Halte ihn hoch und öffne deine Augen.«

Ich schüttelte den Kopf und zerknitterte das Material des Rocks.

»Hör auf, trotzig zu sein, und öffne deine Augen. Jetzt.« Seine Stimme hatte eine Schärfe, und ich wusste, dass ich ihn nicht auf die Probe stellen sollte.

Ich holte tief Luft, öffnete meine Augen und hielt den Saum des Kleides an meine Brust, zitternd von der Kühle der

Klimaanlage auf meiner nackten Haut. Ich drückte meine Beine zusammen.

»Braves Mädchen«, lobte er mich, drückte sanft meinen Oberschenkel, und es ließ meine Klitoris pochen. Ich wollte, dass er mich mehr lobte.

»Jetzt sag mir, welche Farbe dein Höschen hat, Petal.« Sein Ton war ernst, aber es schien, als würde er mit einem Kind sprechen.

»Es ist rosa.«

»Zeig es mir.«

»Was?«

Meine Augen wanderten zu seinem scharfen Kiefer, zu seinen Augen, während er das Auto reibungslos auf der Straße steuerte, während ich immer noch den Saum des Rocks hielt. Mich entblößte.

Aiden ließ seinen Blick über mich gleiten, über meine Schenkel, und sah mich an. »Zieh deine Unterwäsche aus und gib sie mir.«

Ich schaute aus dem Fenster auf die Straße und fragte mit leiser Stimme: »G-gerade jetzt?«

»Willst du mehr Bestrafung, Petal?«

Ja, Doktor Aiden. Diesen schmutzigen Gedanken ignorierend, hob ich meine Hüften und wackelte mit ihnen, um meinen Tanga herunterzuziehen. Meine Hände zitterten, als der Stoff bis zu meinen Sandalenabsätzen hinabrutschte und ich ihn in seine Handfläche legte.

Ich fühlte mich leichter, am Rande, und er hatte mich noch nicht einmal berührt.

Meine Lippen öffneten sich, als er die Nässe mit seinen Fingern fühlte und den Tanga in seine Hose steckte. »Du bist so ein nasses, bedürftiges Mädchen«, sagte er und drückte seine Finger auf meine Unterlippe. Ich saugte gierig an seinen Fingern, leckte mein Sperma von ihnen und summte bei dem Geschmack. Er keuchte: »Verdammt gutes Mädchen.«

Ich wimmerte, als er seine Hand wegzog, aber dieses Wimmern verwandelte sich in ein leises Stöhnen, als dieselben Finger sich auf meine Klitoris drückten, langsam die empfindliche Knospe rollten und mit ihr spielten.

»Shh, bleib still. Ich will nicht, dass du so schnell kommst.« Er flüsterte, als ich meine Hüften über seiner Hand bewegte, mich selbst über seine Fingerspitzen rieb und sie glitschig machte, aber er schob sie nie in mich hinein, wie ich es wollte, oder brachte mich an den Rand.

»Bitte, Aiden«, ich jammerte und bettelte, stieß mich gegen seine Hand, während er das langsame Tempo beibehielt, meine pochende Klitoris mit seinen Fingern zu rollen.

Er stöhnte, schaute zwischen meine Beine. »Fuck, Ivy, du bist so verdammt nass, ich kann dich hören. Riechen, wie nass deine Fotze ist.« Er senkte seine Finger, und ich stöhnte, als er einen Finger in mich schob. Ich umklammerte ihn fest. »Komm ja nicht, Petal.«

»*Bitte*...«

Meine Stimme verklang, als er mich mit seinen Fingern fickte, sein Daumen auf meiner Klitoris. Obszöne Geräusche meiner Feuchtigkeit umgaben uns mit meinen leisen Stöhnen. Der Duft meiner moschusartigen weiblichen Erregung schwebte in der Luft, und zu sehen, wie sein Unterarm mit Adern flexte, während er seinen Finger in mir bewegte, ließ mich wollen-

»Komm nicht. Wenn du es tust, werde ich dich dein eigenes Durcheinander ablecken lassen.« Seine Stimme war wütend und heiß, und ich hätte einen Orgasmus gehabt, wenn er nicht seine Finger aus mir gezogen hätte, um mich sie sauber lecken zu lassen.

Ich war so abgelenkt, dass ich nicht einmal bemerkte, dass wir sein Haus erreicht hatten.

Aiden zog meinen Rock herunter, als er das Auto in der Garage parkte und meinen Sicherheitsgurt löste. »Alles okay?«

Ich schüttelte den Kopf, wütend auf ihn. »Ich war so nah dran.«

»Das ist deine Strafe, Petal.« Er küsste meine Stirn und steckte eine Haarsträhne hinter mein Ohr. »Du bekommst nicht immer, was du willst. Besonders wenn du lügst.«

»Das war nur-«

Ich stöhnte, als er aus dem Auto stieg, und folgte ihm.

»Ich behalte dein Höschen für heute, und halte deine Muschi nackt für mich, ja? Ich will dich am Rande halten, bis ich dich ficken kann.« Er lächelte mich an, als hätte er nicht gerade diese schmutzigen Worte gesagt, küsste mich und zeigte mir sein leeres neues Haus.

* * *

AIDEN HATTE mir den Pool in seinem Hinterhof gezeigt und in seinen Kühlschrank geschaut, um zu sehen, ob wir etwas zum Abendessen kochen könnten. Obwohl ich leicht sauer auf ihn war, weil er mich nicht zum Höhepunkt gebracht und mich während der gesamten Tour geneckt hatte, indem er mir lebhafte, explizite Details darüber gab, wie genau er vorhatte, sein Haus mit mir einzuweihen, wollte ich über den Tag zuvor sprechen.

»Aiden.«

Ich saß auf einem der Hocker der Marmorkücheninsel, da das Haus außer den Küchenhockern keine Möbel hatte. Er hatte erwähnt, dass er einen Innenarchitekten beauftragen würde, um sein Haus einrichten zu lassen, es sei denn, ich wollte ihm ohne Ablenkungen helfen. Ich stimmte zu. Wir waren kein Paar, das niedliche Bettwäsche zusammen kaufen konnte, ohne daran zu denken, sich auszuziehen und Sex zu haben.

Als er mich ansah, schloss er den Kühlschrank. Er muss allein an meinem Gesichtsausdruck erkannt haben, dass ich es ernst meinte. Er kam auf mich zu und fragte: »Was ist passiert?«

Ich schaute auf meine Hände und holte tief Luft. »Ich wollte nach Addison fragen. Ist alles in Ordnung?«

Ich hatte von meinem Bruder, Hayden, erfahren, dass Aiden sich vor einem Monat von seiner Verlobten getrennt hatte. Sie waren seit der Highschool zusammen gewesen, obwohl sie sich mehrmals getrennt und wieder versöhnt hatten.

Aiden setzte sich neben mich auf den Hocker und sein Gesicht war sanft, als er sagte: »Ja, alles ist in Ordnung. Sie ist schwanger und kam, um sich von mir zu verabschieden.«

»Oh.«

Es gab einen Moment peinlichen Schweigens zwischen uns.

»Ich habe sie mit ihrem Chef in unserem Bett erwischt. Ich... ich bin gegangen und habe sie bis zu diesem Tag nicht mehr gesehen.«

»Aiden.« Ich nahm seine Hand und schaute in sein Gesicht. »Ich wusste nicht, dass sie dich betrogen hat. Warst du wütend auf sie? Als du sie gestern gesehen hast?«

Sein Daumen rieb über meinen Handrücken und machte beruhigende Muster auf meiner Haut. »Ich war zuerst wütend, aber dann haben wir geredet. Ich habe meinen Abschluss bekommen, und ich denke, sie hat ihren bekommen. Ich denke, das ist wirklich der einzige Grund, warum sie mich besuchen kam.«

Ich lächelte ihn an und küsste seine Fingerknöchel. Ich runzelte die Stirn, als seine Augen kalt wurden und er sagte:

»Aber wenn ich deinen Ex-Freund sehe, werde ich ihn schlagen. Er ist ein Idiot, weil er mit deiner Freundin geschlafen hat, die noch dazu deine Mitbewohnerin ist. Dein Bruder wollte seine alten Freunde anrufen und den armen Kerl entführen und bedrohen lassen, aber ich habe für einen Schlag plädiert.«

Ich lachte leise und schüttelte den Kopf. »Ich bin froh, dass du für einen Schlag plädiert hast, aber du musst nichts tun. Es tat sehr weh, ihn mit Amanda zu sehen, aber auf eine gewisse Weise war ich erleichtert.« Ich fuhr fort, als er den Kopf neigte, um mehr zu hören. »Wir haben angefangen zu daten, weil er neben mir in der Business-Buchhaltung saß und mit mir redete, wissen wollte, ob ich auf seiner Geburtstagsparty sein würde. Als Nächstes weiß ich, dass wir rumgemacht haben und er zusammen sein wollte. Aber er hat sich nie wirklich für meine Hobbys oder... *mich* interessiert. Ich glaube nicht, dass Freunde ihren Freundinnen sagen, sie sollen nach dem Se-«

»Er hat was?« Aidens Augen waren dunkel geworden, sein Kiefer angespannt.

Ich schluckte und schüttelte den Kopf, »E-Es ist nichts, er hat nur...«

»Es ist nicht nichts, Petal«, seine Stimme war fest. »Er hat dir gesagt, du sollst abnehmen, nachdem ihr miteinander geschlafen habt?«

Ich konnte seinen Blick nicht erwidern und nickte. Fühlte mich gleichzeitig beschämt und verlegen.

Seine warme Hand schloss sich um meine Hand und seine Stimme war viel sanfter, als er sagte: »Es tut mir leid. Ich will dich nicht drängen, mir von ihm zu erzählen, wenn du nicht bereit bist.«

Ich sah ihn an, seine gerunzelten Brauen und den kleinen Stirnrunzler auf seinen Lippen. Das war sein besorgtes, aber wütendes Gesicht. Aiden war wütend... aber sanft zu mir. Ich hatte ihm in seiner Praxis von meiner Kindheit erzählt und er wurde nie wütend, machte nur einige Notizen und sprach mit mir darüber.

Aber jetzt... schien er wütend zu sein. Er verhielt sich jetzt nicht wie ein Therapeut.

»I-Ich bin bereit. Ich habe mit Zara darüber gesprochen... ich kann reden.« Er gab mir ein kleines Nicken, also holte ich tief Luft und starrte weiter auf seine große Hand, die meine bedeckte. »Er hat das oft getan, wenn er, du weißt schon, nicht durch Sex kommen konnte. Er war normalerweise betrunken, wenn wir intim wurden, und sagte mir, dass A-abnehmen mich e-eng machen würde.«

Aidens Hand drückte meine, als meine Stimme schwankte und brach. Meine Sicht war verschwommen, aber ich war nicht traurig. Ich war wütend, dass ich es einem solchen Typen erlaubt hatte, mich so zu behandeln.

»Er hat mich nie zu Dates ausgeführt oder irgendwelche Liebe gezeigt. Er war kein guter Freund, und ich bin traurig und wütend, dass ich bei ihm geblieben bin.« Ich seufzte und drückte Aidens Hand. Ich hatte alles gesagt, ohne zu schluchzen wie bei Zara am Telefon. Es war einfacher, mit Aiden über schwierige Dinge zu sprechen. »Ich bin froh, dass es vorbei ist, und ich bin froh, dass ich nach San Diego zurückgekommen bin und du die Tür geöffnet hast.«

»Ich auch, Petal.« Sein Gesicht war unleserlich, aber er zog mich näher, umfasste meine Wange und beugte sich für den Kuss vor.

Aber seine Türklingel läutete und ließ uns beide zusammenzucken. Ich sah ihn verwirrt an und folgte ihm in den Flur, als er die Haustür öffnete.

12
WAS WÄRE WENN
IVY

»Hallo!«

»Äh, hallo.«

Ich stand neben Aiden und winkte dem Mädchen zu, das eine Schachtel mit-

»Das sind Cupcakes.« Sie drückte sie Aiden in die Hände und lächelte uns beide an. »Ich bin eure Nachbarin, Mia Miller. Schön, euch kennenzulernen.«

»Aiden Stone«, sagte er bestimmt. »Das ist Ivy und-« Sein Handy klingelte in der Küche und er entschuldigte sich bei uns beiden: »Entschuldigt, ich muss da rangehen.«

Sobald er außer Hörweite war, schaute Mia mich an und sagte: »Dein Mann ist so heiß!«

Ich schüttelte den Kopf, während mir die Hitze in den Nacken stieg. »Aiden ist nicht mein Mann.«

Sie hob ihre Augenbraue und blickte zu dem Mann am Telefon im Flur und dann zurück zu mir. »Er will es aber sein, nach der Art, wie er dich anschaut.«

Ich wurde noch röter. Sie sah ein paar Jahre jünger aus als ich, mit schulterlangem dunklem Haar und leuchtend grünen Augen, die schelmisch funkelten.

»Mia!«, rief jemand ihren Namen, und es war amüsant zu sehen, wie Mia rot wurde, als sie sich umdrehte und einen gutaussehenden Mann neben einem teuren, schicken Auto sah. »Ich habe deinen Lieblingspudding mitgebracht.«

»Du brauchst nicht zu schreien, James. Ich komme sofort.«

James trug trotz der Hitze einen Anzug und ging in das Haus nebenan. Er sah gut genug aus, aber nach der Art, wie Mia ihn anstarrte und sich über ihre Gänsehaut rieb, schien er ihr etwas Besonderes zu sein.

»Und das war James. Wie du gesehen hast.« Sie kicherte nervös.

»Du magst ihn.«

»*Wa*-ich nicht mal...« Als sie meinen ernsten Gesichtsausdruck sah, seufzte sie. »Es ist nur eine dumme Schwärmerei. Das geht vorbei, wenn ich älter bin.«

Ha, das dachte ich auch, aber sieh mich an!

»Wie alt bist du?«

»Ich bin siebzehn, was mein Vater mich jedes Mal erinnert, wenn meine Freunde bei Übernachtungen heimlich ein paar Bierdosen mitbringen.« Ihr Handy begann zu klingeln, und sie zog es aus ihrer Tasche, um die Nummer zu sehen, und verdrehte die Augen. »Apropos, mein Vater hat euch beide zum Abendessen am Wochenende eingeladen. Ein warmes Willkommensessen als unsere neuen Nachbarn, sagte er, aber ich bin sicher, es ist sein Plan, mit seiner Antikensammlung anzugeben. Bringt ruhig Ohrstöpsel mit!«

Ich lachte und merkte mir den Termin, während sie zu ihrem Haus sprintete und ihr Haar glatt strich, bevor sie ihr Haus betrat. Ich war froh, dass die Nachbarn freundlich waren und Aiden gut reinpassen würde. Ich auch, wenn ich einziehe.

»Wer war am Telefon?«, fragte ich, als ich ins Wohnzimmer ging und Aiden mit gerunzelter Stirn auf und ab gehen sah, während er auf seinem Handy tippte. »Ist etwas passiert?«

Er schüttelte den Kopf. »Es war aus dem Krankenhaus. Ich erkundigte mich nach einem Patienten, der sexuell belästigt wurde. Wollte sicherstellen, dass es ihm während der Untersuchung gut geht, aber es wurde auf später verschoben.«

Ich wusste, dass Aiden als klinischer Therapeut in einem Krankenhaus tätig war, aber ich hatte die wahren Grundlagen davon nie verstanden, bis ich diese Worte hörte. Den Traumata der Patienten zuzuhören, ihrer Traurigkeit, Trauer, Wut und sie zu besserer psychischer Gesundheit zu führen, musste schwer sein. Besonders, wenn er an seinem freien Tag zur Arbeit musste.

»Wirst du okay sein?«, fragte ich ihn.

Aiden schaute mich an und lächelte. »Mach dir keine Sorgen um mich, Blütenblatt, mir geht's gut.«

Ich vertraute Aiden und wusste, dass er auf sich aufpassen konnte. Wenn es ihm nicht gut ginge, hätte er es mir gesagt. Also nickte ich und unterdrückte meine Ängste.

»Wer war das Mädchen von vorhin?«, fragte er und steckte sein Handy ein.

»Das war Mia. Sie ist die Tochter deines Nachbarn. Sehr quirlig!«

Er zog mich an sich, was mich überraschte. Aiden war sehr berührungsfreudig und anhänglich, und ich liebte jeden Moment davon. »Du meinst die Tochter unseres Nachbarn, hm?«

Ich schluckte, starrte in seine obsidianfarbenen Augen und nickte. »Ja.«

Seine Hände wanderten von meiner Taille zum Rock darunter und drückten meinen Hintern, was mich zum Keuchen brachte und mich gegen ihn beugen ließ. »Ich habe nachgedacht...«, begann er, lehnte sich näher und drückte einen feuchten Kuss auf meinen Hals, während seine Hände mich überall betasteten. »Ich will dich in jeder Ecke dieses Hauses ficken.«

Meine Hände krallten sich in sein Hemd, als er meinen Rücken gegen die Kücheninsel drückte, seine geschickten Finger entledigten mich meiner Kleidung.

»Das ist eine Menge Sex«, sagte ich, schwer atmend, als ich nur noch in BH und Rock dastand. Er hatte immer noch meinen pinken Tanga, und wenn ich an sein heißes Verhalten zurückdachte, rieb ich meine Schenkel aneinander. Aiden bemerkte das und beugte sich hinunter, um mich über seine Schulter zu heben, was mich aufschreien ließ, als sich meine Welt drehte.

»Aiden! Was machst du da?«, rief ich und klammerte mich um mein Leben an seinem Rücken fest. Meine Haare schwangen, als er mich nach oben trug.

Er klatschte auf meinen Hintern und sagte: »Ich erfülle mein Versprechen, Blütenblatt.«

Ich keuchte, als er mich aufs Bett warf, und bevor ich Luft holen konnte, war er über mir. Die neue Matratze gab unter seinem Gewicht nach, als er über meinen Körper kroch und meine Lippen in einem hungrigen Kuss eroberte. Ich stöhnte in seinen Mund und zog sein Hemd aus, entkleidete ihn, während er schnell meinen Rock und BH entfernte und mich nackt zurückließ.

Meine Schüchternheit kam hoch, als seine dunklen Augen jeden Zentimeter meiner nackten Haut musterten. Mein erster Instinkt war, mich zu verstecken, aber ich unterdrückte ihn und versuchte, mein Kinn hochzuhalten und ihm zu zeigen, dass ich nicht mehr unsicher war. Sein Blick wurde sanfter, als er meine Wangen umfasste und mich küsste. Ich schmolz in den süßen Kuss und flatterte mit den Wimpern, als er zurückwich.

Er schob mein Haar über meine Schulter, streichelte

meinen Hals und Kiefer und sagte: »Ich möchte ein Spiel spielen, Blütenblatt.«

»Ein Spiel?«

»Mhmm«, summte er und ließ seine Hand zu meiner linken Brust wandern und rollte seinen Finger um meine Brustwarze, was mich erschaudern ließ. »Ich darf dich verwöhnen. Deine hübsche Muschi zum Flattern bringen und dich zum Kommen bringen, jedes Mal, wenn du etwas Nettes über dich selbst sagst.«

Meine Augen weiteten sich, überrascht und verwirrt. Ich war verlegen, dass-

»Shh«, er zog leicht an einer Strähne meines Haares. »Hör auf zu grübeln, Blütenblatt. Du bist ein braves Mädchen, und ich will hören, wie du das sagst.«

»Ich bin ein braves Mädchen?«, sagte ich, meine Wangen wurden rot, und ich hatte plötzlich das Bedürfnis, mich zu verstecken.

»Genau. Das bist du.« Aiden lächelte, und wenn ich dieses Lächeln sah, hätte ich alles getan, was er verlangte, aber... »Mach weiter.«

Ich runzelte die Stirn, als er mich auf den Rücken drückte, sich zwischen meine Beine setzte und meine Brüste drückte. Ich wimmerte, als sein heißer Mund sich um meine Brustwarze schloss, sie leckte und biss.

»Ich... ich mag mein Backen«, platzte es aus mir heraus, und Aiden belohnte mich mit Knutschflecken auf meinen Brüsten. Ich war verlegen, aber ich sagte: »Ich mag, wie meine Brüste aussehen.«

Er stöhnte und zog sich zurück, um sie in seinen Händen zu wiegen, und sagte: »Ich liebe deine Titten, Ivy.« Seine Augen verdunkelten sich, als er mich ansah: »Ich würde lügen, wenn ich nicht gestehen würde, wie ich davon träume, sie zu ficken, sie mit meinem Sperma zu bemalen und dich mit meinem Duft zu markieren wie ein Tier.«

Meine Lippen teilten sich bei der Intensität der Hitze, die in seinen Augen wirbelte, wie er weiterhin mehr Küsse und Knutschflecken auf meinem Bauch platzierte, meine Kurven hielt und streichelte. Ich war erregt und ein bisschen verlegen, als er mich mehr nette Dinge über mich sagen ließ. Wenn ich nichts sagte, würde er aufhören, mich zu berühren. Aiden war durch und durch ein Tease.

»Ich mag meine Haare«, jammerte ich, als die Spitze seines Schwanzes über meine nasse Spalte strich, seine Augen auf mich gerichtet. »Bitte, Aiden! Ich kann nicht mehr denken. Fick mich.«

Er lachte, der Klang erotisch und tief. »Ich habe dich noch nicht mal gefickt und du bist schon völlig fertig, Blütenblatt?«

Ich schaute ihn finster an. »Du hast mich stundenlang gereizt, und wenn du nicht willst, dann benutze ich meine Hände-«

»Einen Teufel wirst du«, knurrte Aiden, packte meine Handgelenke, bevor ich sie zwischen meine Beine senken konnte, und drückte sie mit einer Hand über meinen Kopf.

Ich biss mir auf die Unterlippe, als er mich wieder neckte, über mir schwebte und sagte: »Ich habe dir nicht gesagt, du sollst aufhören, Blütenblatt. Ich kann das den ganzen Tag machen.«

»Ich mag mein Auge«, sagte ich schroff, als er endlich in mich eindrang und mich zum Keuchen und Stöhnen brachte. »Oh, verdammt.«

Sein Tempo war gleichmäßig, ließ mich mehr Dinge sagen und hielt mich am Rande, bis er zufrieden war und mich zum Orgasmus kommen ließ, als ich sagte: »Ich mag, wie weich meine Oberschenkel sind.«

»Du bist so ein braves Mädchen«, flüsterte er mir ins Ohr und zog an meinen Haaren. Er hatte mich auf den Bauch gedreht, mit Blick auf den Spiegel an der Seite des Bettes. Es war so heiß zu sehen, wie Aiden hinter mir aufragte, mich langsam fickte und zu beobachten, wie seine Bauchmuskeln und sein Körper sich anspannten und in solchen Details bewegten. Meine Haut war gerötet, die Augen glänzend und die Lippen von Küssen geschwollen.

»Jetzt schau in den Spiegel und sag mir etwas, das du magst, Blütenblatt«, sagte er, behielt sein Tempo bei und streichelte meinen Rücken.

»Dich«, sagte ich und traf seinen Blick im Spiegelbild. »Ich mag dich, Aiden.«

Er hielt inne, Hitze kroch seinen Nacken hinauf, als er meinen Kiefer packte und mich küsste, in mich hineinrammte. »Ich mag dich auch, Ivy. So verdammt sehr«, sagte er, erhöhte das Tempo und zog sich zurück, als ich wimmerte und die Matratze packte, als er mich ins Bett fickte.

»Tsk, schau dich an«, er packte meine Haare, zog daran, bis ich wieder unser Spiegelbild betrachtete. »Schau, wie sexy du bist.«

»I-ich bin sexy«, stotterte ich, meine Augen glänzten, als ich diese Worte sprach. Seine Stöße wurden tiefer und härter. »Ich bin schön.«

»Ja, mein süßes Mädchen. Du bist sexy und schön, Ivy«, flüsterte er und rieb seine Finger über meine empfindliche Klitoris.

Ich explodierte vor Vergnügen und so viel Liebe für den Mann, der mehr süße und schmutzige Dinge in meine Ohren flüsterte. Weißglühende Lust blendete mich, als ich immer wieder kam und seinen Namen schrie.

Als ich zurück zur Erde kam, zog Aiden mich zu sich. »Du hast das so gut gemacht, Blütenblatt«, flüsterte er, küsste meine Stirn und strich mir die Haare aus dem Gesicht. »Ich bin so stolz auf dich.«

Meine Augen waren noch tränenreich, als er sie wegwischte und meine Wangen küsste. »Ich habe mich noch nie so gefühlt«, gestand ich und fragte mich, warum da etwas Klebriges-»Oh.«

Da war Sperma auf meinen Brüsten.

Aidens Wangen waren rot. »Es tut mir leid, ich konnte mich nicht beherrschen, als ich sah, wie hübsch du beim Orgasmus aussiehst.«

»Oh«, sagte ich und berührte es, rieb es auf meiner Brust. »Okay.«

Ich hörte ein Knurren und schaute zu Aiden, der einen Halbständer hatte. »H-hör auf damit, Ivy.«

Ich lächelte und genoss, wie leicht ich ihn necken konnte. »Warum nicht, Doktor Aiden?«

Er verengte seine Augen, und er wollte gerade antworten, als sein Handy zu klingeln begann. Er entschuldigte sich mit einem schnellen Kuss auf meine Lippen, was mich zum Lächeln brachte. Ich lag noch im Bett, holte Atem und starrte an die Decke, als er mit einer kleinen Falte auf der Stirn zurückkam.

»Es tut mir so leid, Blütenblatt. Ich muss für die Untersuchung bei dem Patienten bleiben-«

Ich setzte mich auf und nahm seine Hand, küsste seinen Knöchel. »Du musst dich nicht entschuldigen, Aiden.«

Er sah hin- und hergerissen aus, und ich wusste, dass er bei mir bleiben, kuscheln und duschen wollte, aber seine Arbeit kam zuerst. Ich mochte, wie leidenschaftlich er bei seiner Arbeit war.

»Ich kann dich bei Hayden absetzen-«

»Ich nehme ein Taxi.« Ich küsste seine Lippen und richtete den Kragen seines Hemdes, trat zurück. Ich wollte nicht, dass er einen Umweg machte. »Jetzt geh und tu, was du am besten kannst.«

Er lächelte zu mir herunter, und mein Herz blieb stehen und begann mit einem hämmernden Schlag, als er seine

Arme um meine Taille schlang und mich wieder küsste. »Ich komme nicht zu spät«, versprach er, zog sich zurück und ließ mich atemlos und kalt ohne ihn zurück.

Was wäre, wenn Mia Recht hätte? Was wäre, wenn... ich mehr von ihm wollte als nur... Nein.

Ich musste langsamer machen.

13
DARF ICH MICH DER UMARMUNG ANSCHLIESSEN?

AIDEN

»Warum bist du so spät-*oh*.«

Ich beobachtete, wie Ivys blaue Augen sich weiteten, als sie neben mich blickte.

»Hey, Käfer«, grinste Hayden und sah seine kleine Schwester an, die in der Tür stand. Zara, die Prinzessin von Azmia und Verlobte meines besten Freundes, winkte Ivy zu.

Ivy zögerte nicht einen Moment und stürzte sich in ihre Arme, umarmte sie, so gut es mit dem riesigen Bauch zwischen ihnen ging. Ich hatte Hayden im Auto gefragt, ob sie Zwillinge bekommen, und an dem entsetzten Blick des Paares erkannte ich meine Antwort.

Hayden hatte mich angerufen, als ich das Krankenhaus verlassen hatte. Ich musste die Schuld unterdrücken, die in mir aufstieg, als ich seinen Namen und sein nerviges Selfie auf meinem Handy sah. Er und Zara kamen früher an und wollten, dass ich sie vom Flughafen abhole.

Ich fragte mich, wie er reagieren würde, wenn ich ihm erzählen würde, dass ich Ivy mochte. Mehr als nur mögen. Er müsste schon dumm sein, um meine Anziehung zu ihr all die Jahre nicht zu bemerken. Er hatte mir und seinen Freundeskreisen eingebläut, dass sie für uns tabu war, und jeden männlichen Bekannten von ihr finster angestarrt. Er beschützte sie, und ich konnte seine Gründe verstehen. Ihr Vater kümmerte sich nicht darum, was mit ihnen geschah, solange sie am Leben waren. Hayden konnte ohne ihre Liebe leben, aber nicht meine süße Blüte. Hayden war der Einzige, der ihr überhaupt so etwas wie Geschwisterliebe entgegenbrachte.

»Ich habe dich so sehr vermisst«, murmelte Ivy und umarmte ihren Bruder. Ich lächelte die beiden an, Haydens hellbraunes Haar fiel ihm auf die Stirn, als er die Haare seiner Schwester küsste. Ich gab ihnen etwas Raum und ging ins Haus, während die königlichen Wachen mir in ihren dunklen Anzügen mit dem Gepäck des königlichen Paares folgten.

Nach den jüngsten Ereignissen in Azmia waren Hayden und Zara gezwungen, ständig zwei Wachen um sich zu haben, aber da sie in Haydens Haus wohnten, durften sie etwas Freiheit von den Wachen genießen.

»Aiden«, ich drehte mich um und schob meine Hände in meine Taschen, als Hayden sein altes Zimmer betrat, das er sich mit Zara teilen würde. »Ist etwas zwischen dir und Ivy passiert?«

Ich antwortete nicht, weil ich wusste, dass ich ihn nicht anlügen konnte.

»Habt ihr schon einen Namen für das Baby gefunden?«, fragte ich.

Er verengte seine blaugrauen Augen. »Wechsel nicht das Thema.« Aber es funktionierte. »Nein, wir haben uns noch nicht entschieden. Zayed, der Scheich von Azmia und der größte Schmerzensarsch, hat eine ganze Präsentation erstellt, warum wir unser Kind nach ihm benennen sollten.«

»Hm, das klingt ereignisreich.« Er schien glücklich zu sein, trotz der leichten Verärgerung. Jedes Mal, wenn er Zara ansah, hatte er einen seltsamen, verletzlichen Ausdruck im Gesicht, als könnte er nicht glauben, dass sie bei ihm war. »Du siehst glücklich aus. Du hättest schon früher mit ihr zusammenkommen sollen.«

Hayden schnaubte: »Das musst du gerade sagen, nachdem du mein Handy in den Indischen Ozean geworfen hast.«

Daran erinnerte ich mich. Vor zwei Jahren, nachdem er von einer schönen Dame in Azmia für die Nacht erobert worden war, hatte er ständig auf sein Handy geschaut. Sogar nachdem wir an Bord des Schiffes gegangen waren, als wir das Land gemeinsam verließen. Wir hatten einen kleinen Streit, und wir beide schauten mit reinem Vergnügen und Entsetzen zu, wie sein Handy in den Indischen Ozean fiel. Er war so verzweifelt, dass er bereit war, ins Meer zu springen, um sein Handy zu holen, oder sogar dem Kapitän zu befehlen, das Schiff anzuhalten, bis er das Handy zurückbekommen hatte.

Nur für die Hoffnung, dass sie, also Prinzessin Zara, zurückrufen würde.

»Na ja, es hat sich doch viel besser entwickelt, findest du nicht?«, neckte ich ihn, als Zara hereinwatschelte. Sie war schlank und groß, aber mit dem riesigen Bauch sah sie aus wie ein kleiner Pinguin.

»Ich hoffe, ich störe keine kostbare Bromance.«

»Nein, Eure Hoheit«, sagte ich und verneigte meinen Kopf, weil sie es hasste, so angesprochen zu werden. »Ich bevorzuge bereits jemand anderen.«

»Will ich wissen, wer das ist?«, fragte Hayden und hob seine Augenbraue, während er Zaras Hand hielt, als sie sich setzte und begann, ein Schwangerschaftskissen aufs Bett zu legen, dazu Bücher, Wasser und einen Dolch auf den Nachttisch.

Bevor ich den Mund öffnen und ihm die Wahrheit sagen konnte, rief Ivy uns zum Abendessen herunter.

Ich ließ sie frisch machen und beschloss, dass es am besten wäre, ehrlich zu sein über meine Absichten mit Ivy und Hayden. Ich wollte nicht hinter dem Rücken meines Freundes, meines einzigen Freundes, mit ihr herumschleichen. Ich wollte, dass er wusste, dass es mir ernst mit ihr war.

»Worüber denkst du nach?«, flüsterte Ivy, während ich ihr dabei zusah, wie sie köstliche Lasagne auf vier Teller servierte. Die königlichen Wachen hatten das Haus überprüft, und nachdem sie bestätigt hatten, dass es sicher war, blieben sie in dem Haus auf der anderen Straßenseite. Ivy hatte extra gekocht und gab ihnen auch Essen mit. Sie war zu süß.

Ich hielt ihren Arm leicht fest, ihre Augen schauten zu mir auf. »Wir sollten es Hayden sagen.«

Sie drehte sich zu mir um, Schock und Überraschung huschten über ihr Gesicht. »Was würden wir ihm sagen, Aiden? Dass wir in deinem Büro Sex hatten?«

Wenn ich nach dem Gespräch mit ihrem Bruder noch Arme hätte, würde ich sie benutzen, um ihr eine Lektion dafür zu erteilen, dass sie so sprach. Als ob es für sie nur Sex gewesen wäre.

»Ja, das und wie ernst es mir mit *uns* ist«, sagte ich. »Ich will es nicht vor ihm verheimlichen.«

Ivy biss sich auf die Unterlippe. »Ich will nicht, dass du es bereust.«

Ich wollte sie in die Arme nehmen und ihr versichern, dass ich es ernst meinte, aber wir hörten beide Schritte die Treppe herunterkommen. Ich stellte die Teller mit unserem Abendessen auf den Esstisch, während Hayden ihr Haar verwuschelte und sie nach ihrem Studium fragte. Zara wollte mehr über Ivys Ex wissen, damit sie ihm eine Lektion erteilen könnte, aber Hayden beruhigte sie. Es war seltsam, aber schön zu sehen, wie die Prinzessin von Azmia Ivys Ex mit den vulgärsten Drohungen drohte und dabei anmutig blieb.

Beim Abendessen, als Hayden nach den Therapiesitzungen fragte, schien Ivy mehr als glücklich darüber zu sprechen. Wie sie ihr geholfen hatten und wie sie für die Erfüllung ihrer Aufgaben gelobt wurde.

Ich räusperte mich. »Aus bestimmten Gründen wird mein Freund ab jetzt ihre Therapiesitzungen übernehmen.«

»Was?«, fragte Ivy, »Warum? Du bist... du bist perfekt. Ich fühle mich wohler mit dir.«

Zara sah zwischen uns hin und her, und nach dem Funkeln in ihren Augen zu urteilen, wusste sie Bescheid.

»Mein Freund ist mehr als fähig, dir zu helfen, Blüte.« Ich legte meine Gabel nieder. »Ich kann nicht mehr dein Therapeut sein.«

»Warum?«, fragte Hayden.

»Persönliche Gründe.«

»Welche persönlichen Gründe?«, sagte Ivy schmollend.

Verdammt, ich will diesen Schmollmund küssen.

Ich hob eine Augenbraue. Ich konnte nicht mehr ihr Therapeut sein, weil wir, oder zumindest ich, Gefühle für sie hatte. Ganz zu schweigen davon, dass wir eine sexuelle Beziehung in meinem Büro eingegangen waren. Ich konnte nicht mehr ihr Therapeut sein, selbst wenn ich es wollte. Es wäre falsch.

»Willst du wirklich, dass ich es laut ausspreche, Blüte?«, fragte ich mit einem kleinen Grinsen.

»Was ist es?«, biss ihr Bruder hervor.

»Deine kleine Schwester und ich-«

Ivy platzte heraus: »Ich hatte Sex mit Aiden.«

»Ich wusste es!«, strahlte Zara und klatschte in die Hände, ohne die Spannung zu bemerken, die in der Luft lag.

Hayden und ich sahen Ivy an, die ihre Hände über den Mund hielt und ein leises *Hoppla* murmelte. Ich bewegte mich rechtzeitig, um nicht ins Auge gestochen zu werden, als Hayden eine Gabel auf mein Gesicht warf.

»Versuchst du, mich zu blenden, du Arsch!«

»Du hast meine kleine Schwester angefasst!« Hayden stand auf und ich auch, aber ich war nicht schnell genug, um seinem Schlag auszuweichen. Er war nicht umsonst einer der besten Navy Seals.

Ich taumelte zurück und spürte den pochenden Schmerz in meiner linken Wange und meinem Kiefer. Ich konnte Ivy hören, die ihn anschrie aufzuhören und ihn schimpfte, weil er mich geschlagen hatte.

Ich schwöre, ich hörte Zara sagen: »Hayden sieht heiß aus«, während sie sich noch mehr Lasagne auf ihren Teller schaufelte.

»Aber du bist meine kleine Schwester!«

»Das heißt nicht, dass du mir vorschreiben kannst, mit wem ich Sex habe oder nicht!«

»A-aber... Aiden? Von allen, die du hättest haben können... *Aiden!*«

»Das ist dafür, dass du eine verdammte Gabel nach mir geworfen hast«, sagte ich und atmete aus. Er drehte sich zu mir um, sein Gesicht glühte vor Wut. Ich gab ihm keine Zeit, seinen Block zu benutzen, bevor ich zuschlug.

»Könnt ihr Jungs bitte aufhören zu kämpfen?«, fragte Ivy und blickte zwischen ihrem Bruder auf dem Boden und mir hin und her.

»Er hat angefangen«, sagte ich und zeigte auf ihn, der versuchte, mich zu würgen.

»Weil er Sex-«

»Oh, um Himmels willen, werdet erwachsen!«, schrie Ivy uns beiden zu, und Stille breitete sich um uns aus. Ich beobachtete, wie sie schwer atmete, ihre Augen tränten, als sie zwischen uns hin und her sah. Selbst Zara hörte auf zu essen und betrachtete uns alle mit ihren Rehaugen.

»Das ist der Grund, warum ich meine Gefühle für Aiden nie gestanden habe. Weil du jeden Typen um mich herum, besonders *ihn,* gewarnt hast«, sagte sie zu Hayden, ihre Stimme brach.

Oh Gott, nein. Ich wollte sie nicht zum Weinen bringen.

»Jetzt schaut euch an, beide verletzt und ihr kämpft wegen mir. Ich mag Aiden, und mit ihm zu schlafen war meine Entscheidung. Wenn einer von euch damit nicht einverstanden ist, werde ich morgen zur Universität fahren und im Wohnheim bleiben.«

Hayden ballte seine Hände, die Wut pulsierte von ihm ab. Ich konnte die widersprüchlichen Emotionen in seinen Augen sehen, das Zucken seines Kiefers.

»Ich mag sie, Hayden«, sagte ich, wohl wissend, dass ich meinen engen Freund verlieren könnte. »Es ist mir wichtig, dass du mir glaubst, denn du weißt, dass ich dich niemals anlügen kann.«

Zara stand auf und nahm sanft seine Faust, verschränkte seine Hand mit ihrer. Er wischte sich das kleine Blut von seiner aufgeplatzten Lippe. »Ist das der Grund, warum du mit ihr geschlafen hast?«

»Es war eine gemeinsame Entscheidung.«

Mit einem Blick auf mich schaute er zu seiner Schwester, die still war. »Magst du ihn, Ivy? Die Art, wie du auf meine Frage antwortest, wird meine Freundschaft mit ihm beeinflussen.«

»Hayden, es muss nicht-«, protestierte sie.

»Nein. Wenn du ihm die Macht gibst, dir das Herz zu brechen, werde ich die Sache mit ihm beenden.«

»Hör auf, so dramatisch zu sein«, seufzte ich, »Antworte ihm, Blüte. Du kennst die Antwort seit unserer ersten Begegnung.«

Haydens Augen weiteten sich, er schaute zwischen uns beiden hin und her, sein Gesicht verzog sich. »Ich könnte kotzen.«

»Schon gut, schon gut«, murmelte Zara und rieb seinen Rücken.

Ivys Gesicht flammte auf. »Zwischen uns ist nichts derartiges passiert bis zu diesem Tag im Büro.«

»Ich will es nicht wissen!«, beklagte sich ihr Bruder und bedeckte seine Ohren.

Ivy schaute zu mir herüber, ihre blauen Augen sanft. »Ja, ich mag Aiden.«

Ich lächelte sie an und unterdrückte den Drang, sie zu küssen und sie dafür zu loben, dass sie die Wahrheit vor mir und ihrem Bruder zugegeben hatte.

»Ekelhaft«, ich sah Hayden an, der angewidert den Kopf über uns schüttelte. »Ihr seid beide ekelhaft. Macht schon diese komischen Augen.«

Mit verschränkten Armen sagte ich: »Soll ich ihr erzählen, welch ekelhaftes Zeug ich miterlebt habe, weil ich dein Freund bin?«

Zara hob ihre Hand. »Ich will es wissen.«

Hayden warf ihr einen bösen Blick zu und sah mich anklagend an: »Du meinst das Zeug, bei dem du später mitgemacht hast und geleckt-«

»Okay«, piepste Ivy. »Ich gehe ins Bett. Schönes Gespräch. Komm, Zara.«

»Ivy«, rief Hayden und umarmte sie. »Ich weiß, dass du ihn magst und er ist mein Freund, aber ich bin da, wann immer du reden musst. Über alles.«

»Ich bin auch für dich da, Hayden«, antwortete sie und umarmte ihn zurück. Zara schloss sich der Umarmung an, und es sah so süß aus, dass ich FOMO bekam.

»Darf ich mich der Umarmung anschließen?«, fragte ich.

»Ja!«

»Auf gar keinen Fall.«

Hayden starrte mich an, als ich mich der Umarmung anschloss.

14. SWEET

AIDEN

»Ist er das?« Hayden nickte zu dem schlaksigen Typen mit zerzaustem blondem Haar, der mit einer Gruppe Mädchen lachte, bevor er wegging.

»Ja«, sagte ich und verschränkte die Arme, während wir zusahen, wie Jason von der Bibliothek wegging. »Sie hätte so viel Besseres verdient.«

Hayden starrte mich an. »Das tut sie immer noch.«

»Hayden, halt die Klappe und hilf mir raus.« Wir drehten uns beide zur Prinzessin von Azmia, die uns gedroht hatte, sie mitkommen zu lassen. Sie saß bequem auf der Rückbank meines Autos, aber es war nicht sehr nützlich, da ihre Wachen ihr zur Universität von Ivy in einem schicken schwarzen Auto gefolgt waren, das bei den Studenten viel Aufmerksamkeit erregte.

»Ich weiß nicht, warum du mit uns kommen musstest, Prinzessin.« Obwohl er wollte, dass seine Verlobte bei Ivy blieb und einen Mädchentag hatte, war sein Ton sanft, und ich wusste, dass er insgeheim froh war, ein Auge auf sie haben zu können. Er war nicht nur beschützend gegenüber seiner Schwester, sondern auch gegenüber seiner zukünftigen Frau.

»Ich wollte ihm in die Eier treten, aber eine gute Drohung wird es auch tun«, schnaubte sie und stützte ihren Rücken, während ich Hayden zunickte.

Alle drei folgten wir Jason, während vier Wachen uns aus der Ferne folgten. Ich schlich voraus, um das Arschloch in die Ecke zu drängen, und der Anblick der Verwirrung in seinem Gesicht ließ mich schreckliche Dinge mit ihm anstellen wollen.

»Wer bist du?«, fragte er, musterte mich und versuchte, größer zu wirken, obwohl ich einen Kopf größer war als er.

»Ich bin Ivys Freund«, sagte ich und hörte Hayden im Hintergrund vortäuschen, sich zu übergeben. »Ich habe ihr versprochen, dem Scheißkerl eine zu verpassen, der-«

Jason lachte. »Nette Lüge, sie ist zu... du weißt schon. Ich wette, sie hat dich dafür bezahlt. Du bist sowieso nicht ihr Typ. Sie mag Typen wie mich, die sie wie eine Sch-«

Ich schlug ihm ins Gesicht, bevor er zu Ende sprechen konnte, und hielt seinen Mund zu, bevor er schreien konnte. Ich packte seinen Kragen, bereit, ihm die Nase zu brechen, aber Hayden hielt mich zurück. »Wenn du sie anrufst, ihr schreibst oder es auch nur wagst, an sie zu denken, sorge ich dafür, dass du deinen Müllmund mehr als eine Woche lang nicht benutzen kannst.«

»Aiden.«

Ich starrte Jason an, während ich ihn wegstieß. Sein kleiner Aufschrei war widerlich, als er seinen Mund bedeckte. »Was zum Teufel?«, sagte er zu sich selbst, während er mir eigentlich danken sollte, dass ich keine Knochen gebrochen hatte.

»Du hättest ihn stattdessen provozieren sollen«, sagte Hayden und zog mich zur Seite. »So könntest du-«

»Wo ist Zara?«, sagte ich, und wir drehten uns beide um,

um zu sehen, wie Zara Jason anstarrte und ihm etwas sagte. Ich war beeindruckt, als sie den kleinen Dolch vor seinem Gesicht zog und Jason auf die Knie fiel und um sein Leben bettelte.

Zufrieden steckte Zara den Dolch wieder ein und watschelte mit einem breiten Grinsen und einem Grübchen auf ihrer Wange zu uns.

»Ich kann sehen, warum du dich in sie verliebt hast«, sagte ich zu Hayden, der seine Verlobte anstarrte, bevor er zu ihr eilte und fragte, ob es ihr gut ginge, während der Junge, den sie bedroht hatte, zitternd auf den Knien lag.

Vielleicht hätte ich Zara von Anfang an alles überlassen sollen.

Ivy

»Das war nicht nett, Blütenblatt.« Aidens tiefe Stimme strich an meinem Ohr vorbei, sein Körper drückte sich gegen meinen Rücken. Ich wimmerte, als sein scharfes Gesicht mich durch die Reflexion im Spiegel anstarrte. »Mich so zu necken. Dieses knappe Kleid zu tragen.«

Ich nickte, zu verlegen und aufgeregt, um etwas zu sagen. *Wie könnte ich?* Er hatte sich auf mich gestürzt, als ich das Kleid anprobiert hatte, seine Hand um meinen Hals gelegt und uns beide in der engen Umkleidekabine eingeschlossen.

»Aiden«, atmete ich. »Was, wenn uns jemand findet?«

Als ich ihm gesagt hatte, dass ich ein Kleid für Zaras und Haydens Hochzeit kaufen wollte, hätte ich nicht gedacht, dass er mit mir einkaufen gehen würde. Er musste sicher wichtige Arbeit zu erledigen haben, aber er bot an mitzukommen und sagte, es wäre ein weiterer Grund, mich in verschiedenen Kleidern zu sehen und mich dann auszupacken, als wäre ich sein persönliches Geschenk.

Aiden zog sich zurück und drehte mich um. Er ließ mich

nicht los. Nein, er entfernte die dunkelblaue Krawatte, die er trug. Meine Beine verkrampften sich, Erregung sickerte aus mir heraus. Vorfreude durchströmte mich, denn ich wusste, was als Nächstes kommen würde. Nach mehr als einem Monat Beziehung (trotz des Jammerns meines Bruders, der dachte, wir würden nicht länger als eine Woche zusammen sein) wusste ich, was Aiden bei körperlichen Aktivitäten genoss.

»Hände, Blütenblatt«, sagte er, seine Stimme fest und seine dunklen Augen glänzend wie ein Raubtier, das seine Beute gefangen hatte.

Schluckend streckte ich meine Handgelenke in seine Richtung. Er beugte sich hinunter und küsste die weiche Innenseite, bevor er seine Krawatte darum wickelte und sie mit einem Knoten zusammenband. Ich zappelte, extrem erregt, wissend, dass er mich necken und bald belohnen würde.

Seine große Hand umfasste meine Wange. »Wenn du nicht erwischt werden willst, musst du leise sein, Blütenblatt. Du wirst leise sein, nicht wahr?«, schnurrte er in mein Ohr, meine Zehen kräuselten sich.

Ich nickte und schaute zu ihm auf. Nach Luft schnappend hielt ich den Atem an, als er seine Hand um meinen Hals legte und die Augenbraue hob. Das Licht der Umkleidekabine warf einen Schatten auf sein Gesicht und ließ ihn streng aussehen.

»J-ja, Aiden. Ich werde leise sein«, sprach ich es aus, wissend, dass er wollte, dass ich es sage. Einwillige.

»Braves Mädchen. Jetzt dreh dich um.«

Ich folgte seinem Befehl und hielt den Atem an, als er seine Hand in meinem Nacken behielt. Meine Augen waren auf sein Spiegelbild gerichtet und beobachteten, wie er an dem kurzen Kleid zog, das kaum meinen Hintern bedeckte.

Ich wurde rot und schaute weg, als er es bis zu meiner Taille hochzog und ihm meine Nacktheit enthüllte.

Ich sprang auf und versuchte, meinen Schrei zu unterdrücken, als er mir einen Klaps gab. »Ich kann deine triefende Fotze sehen, wenn du dich bückst, Blütenblatt. Ist das, was du zu der Hochzeit deines Bruders tragen wolltest, hm?«

Irgendetwas stimmte definitiv nicht mit mir, dass ich von seinen harten Worten, seinem Zorn, so erregt wurde.

»Nein«, sagte ich. »Ich wollte dich nur necken. Dich... wütend sehen.«

Aiden traf meine Augen durch den Spiegel und gab mir ein kleines Lächeln, seine Hand rieb über das Brennen auf meinem Hintern. »Ich weiß, Blütenblatt. Du bist eine kleine Göre, die ich gerne zähme«, sagte er, seine Hand senkte sich zu meinem tropfenden Geschlecht und tätschelte es leicht, was mich zum Keuchen brachte.

»Spreiz deine Beine.«

Ich tat es und versuchte, mich mit gefesselten Händen am Spiegel abzustützen. Aber er hielt mich, seine feste Hand an meinem Nacken und die andere an meiner Hüfte. Er würde mich niemals fallen lassen. Ich vertraute ihm.

Ich war nicht vorbereitet, als Aiden seinen Reißverschluss öffnete und mit einem kräftigen Stoß in mich eindrang. Ich stöhnte, seine Hand klemmte auf meinen Mund, als er an meinem Nacken seufzte, die Vorderseite seines Hemdes drückte gegen meinen Rücken.

»Bleib leise, du freches Mädchen«, flüsterte er. »Du willst doch nicht erwischt werden, oder?«

Ich schüttelte den Kopf, seine Hand auf meinem Mund senkte sich, um meinen Hals zu umschließen, und zwang mich, in den Spiegel zu schauen, während er sich zurückzog und wieder in mich stieß. Ich biss mir auf die Lippe, um mein Stöhnen zu dämpfen, aber es war zu viel. Ich musste auf die Faust meiner gefesselten Hand beißen, um mein Stöhnen und Wimmern zu unterdrücken, als Aiden mich besinnungslos fickte.

Die nassen Klatscher unserer Körper hallten in der engen Umkleidekabine wider, der Spiegel wackelte mit uns. Aiden presste seinen Kiefer zusammen, drückte meine Wange gegen den Spiegel und benutzte seine Hände, um meine Hüften zu halten und schneller zu werden. Ich zitterte, meine Beine bebten unter dem Druck der Erlösung.

»Noch nicht«, zischte er, gab meinem Hintern einen Klaps und erinnerte mich daran, wer für meinen Orgasmus verantwortlich war. »Ich schwöre bei Gott, Ivy, wenn du jetzt kommst, werde ich in dich kommen und dich so zum Parkplatz führen. Ohne Unterwäsche.«

»Nein«, wimmerte ich und umklammerte ihn bei seinen schmutzigen Worten.

Er tadelte mich und verlangsamte seinen Rhythmus, als seine Hand sich zu meinem Kitzler senkte und mich rieb, während ich zappelte und weinte. »So ein schmutziges Mädchen, das davon erregt wird. Willst du so rausgehen, Blütenblatt? Mit meinem Sperma, das deinen Oberschenkel hinunterläuft, hm?«

Ich konnte nicht antworten. Blut war mir in die Wangen geschossen, meine Brüste schmerzten und Vergnügen blubberte in mir, als Aiden mich weiter neckte. Mich am Rande hielt. Mit mir spielte mit seinen Worten.

»Sei nicht gemein«, sagte ich, meine Augen tränten. »Lass mich kommen, Aiden.«

Er fickte mich, gab mir wieder einen Klaps und flüsterte: »Aber du magst mich gemein, Blütenblatt.«

Ich nickte. *Das tat ich.*

»Sei ein braves Mädchen und bettel mich an, dich

kommen zu lassen«, sagte er, bewegte sich nicht in mir. Dehnte mich und beobachtete, wie ich mich um seine dicke Länge wand.

»Bitte lass mich kommen, Aiden. Bitte, ich... ich muss dringend kommen«, platzte es aus mir heraus. »Ich werde alles tun, bitte, bitte, bitte.«

»Alles, hm?«

Ich nickte, kümmerte mich nicht um meine Worte.

»Du und ich werden eine Menge Spaß auf der Hochzeit deines Bruders haben, Blütenblatt«, sagte er, ein teuflisches Lächeln umspielte seine Lippen, als er begann, sich in mir zu bewegen.

Für einen Moment fragte ich mich, ob ich einen Pakt mit dem Teufel geschlossen hatte, aber dann fiel ich, klimaxte mit ihm tief in mir, als ich meine Augen zusammenkniff. Ich spürte, wie er in mir abspritzte, der heiße Schwall kräuselte meine Zehen, sein Körper erschlaffte hinter mir, während er mich zärtlich berührte.

»Bist du okay?«, fragte er, seine Stimme sanft, während er seine Hand durch mein Haar gleiten ließ.

Ich schaffte es zu nicken und biss mir auf die Lippe, als er sich zurückzog. Ich erschauderte, als seine dunklen Augen beobachteten, wie das Sperma an meinem Oberschenkel herunterlief. »Aiden«, flüsterte ich.

Er richtete seinen Blick auf mich und lächelte: »Entschuldige, es ist erregend, dich so zu sehen. Gründlich gefickt und befriedigt. Wenn ich könnte, würde ich dich immer so halten.«

Dieser Mann ist kein Mensch.

»Lass mich dich sauber machen«, bot Aiden an, entfernte die Krawatte, die meine Handgelenke band, und das knappe kleine Kleid, das ich aus einer Laune heraus ausgesucht hatte, um ihn zu necken.

Nachdem ich mit ihm darüber gestritten hatte, dass er alle Kleider kaufte, die ich getragen hatte (sogar das, in dem er mich gefickt hatte), schmollte ich auf dem Heimweg. Ich konnte meine eigenen Kleider kaufen, aber er würde mir nie zuhören.

»Hör auf zu schmollen, Ivy«, sagte er und wechselte die Gänge. »Ich wollte dir die Kleider kaufen, also habe ich es getan.«

»Ich wollte nicht, dass du für sie bezahlst.«

»Ich wollte es. Und wenn ich für dich Geld ausgeben will, werde ich das tun«, sagte er mit fester Stimme, als wir Haydens Haus erreichten. »Du hast gesagt, du würdest alles tun, wenn ich dich zum Kommen bringe, also werde ich aussuchen, was du am Tag der Hochzeit tragen wirst, verstanden?«

Ich schnaubte, verschränkte die Arme und schaute weg von ihm. »So verdammt herrisch.«

»Ich habe das gehört.« Er packte mein Kinn und zwang mich, ihn anzusehen. Seine Pupillen weiteten sich, als er sagte: »Sei keine Göre und trage das alles.«

»Und wenn nicht?«

»Dann werde ich dich disziplinieren.«

»Hört auf, vor meinem Haus rumzuknutschen, und kommt rein!« Wir sprangen beide auseinander, als wir die laute Stimme meines Bruders hörten, der von der Haustür aus rief. Aiden zuckte zusammen, als er sich den Kopf am Dach des Autos stieß, und rieb ihn.

»Ich hasse deinen Bruder«, sagte er und starrte ihn an.

»Das Abendessen wird kalt, Kinder«, erwiderte Hayden, als ob er wüsste, was Aiden gesagt hatte.

Ich nahm eine Tasche mit dem Kleid, während Aiden die anderen beiden nahm und wir zur Haustür gingen. »Nur noch ein paar Tage. Wir fahren zusammen nach Azmia, also musst du noch ein paar Tage durchhalten«, lächelte ich und fuhr fort, »Ich weiß, dass du ihn insgeheim liebst.«

»Was auch immer.« Aiden schnaubte und öffnete die Tür für mich. »Du weißt, dass ich dich mehr liebe.«

Mein Herz stolperte, als ich ihn das so beiläufig sagen hörte, er war so unbeeindruckt davon. Dann ergab es Sinn. Wir kannten uns seit fast der Hälfte unseres Lebens und teilten verletzliche Ängste, Geheimnisse und sogar Fehler. Er hatte mich als mein Therapeut beraten und mir als mein Freund zugehört, wenn ich mich auskotzen wollte. Wir kannten uns, verstanden uns.

»Ja«, lächelte ich und hielt seine Hand. »Ich liebe dich auch.«

Aidens Augen weiteten sich für einen Moment, bevor er seine Lippen auf meine presste. Der Kuss war sanft, weich und leicht. Genau wie Liebe sein sollte. Es war perfekt.

Wir aßen alle zusammen zu Abend und sprachen mit Zaras Familie über einen Videoanruf. Wir würden bald mit dem königlichen Paar in ihrem Privatjet abreisen und bis zur Hochzeit im Goldenen Palast bleiben. Zara hatte für uns alle ein besonderes Dessert namens *Kunafah* zubereitet, und es war köstlich, schmolz mit jedem Bissen auf meiner Zunge.

»Es ist so süß!«

Meine Augen weiteten sich, als Aiden den Mundwinkel meiner Lippen küsste und mir zuzwinkerte. »Nicht so süß wie du, Blütenblatt.«

ENDE

READ EXPLICIT BONUS SCENE HERE

Or type this link into your browser:
https://dl.bookfunnel.com/vnb9n0l8z8

Danke, dass du dieses Buch gelesen hast! Wenn es dir

gefallen hat, würde ich mich sehr freuen, wenn du eine Rezension auf der Plattform deiner Wahl hinterlässt.

Rezensionen helfen anderen Leser*innen wie dir, dieses Buch zu entdecken, und werden von Autor*innen sehr geschätzt!

Mit Liebe,

Mahi

EPILOG

IVY

»Ob du's glaubst oder nicht, sie kann jetzt Wasser kochen, ohne den Feueralarm auszulösen«, sagte Mias Vater, Clyde Miller, stolz, während Mia so tat, als würde sie sich mit ihren imaginären Fingerpistolen eine Kugel durch den Kopf jagen.

Ich kicherte über sie und freundete mich mit der kleinen Familie an... einschließlich James, der in einem telepathischen Gespräch mit meinem Freund vertieft war. Sie wirkten seltsam mit ihren zusammengekniffenen Augen und einsilbigen Antworten. Ich wollte Aiden fragen, was mit ihm los sei, aber er saß mir gegenüber.

»Sooo...«, begann Mia, die den Starrwettbewerb zwischen den beiden Männern bemerkte. »Erzähl mir, wie du diesen Herrn Aiden hier eingefangen hast.«

Das erregte die Aufmerksamkeit von Aiden und James, als beide Männer sie fragend ansahen.

»Eingefangen?«, fragte Aiden und runzelte mir gegenüber die Stirn.

»Sie fragt, wie wir zusammengekommen sind«, erklärte ich den Begriff in seiner Sprache.

»Nein«, Mia schüttelte den Kopf, ihre Augen funkelten

vor Schalk, »Es bedeutet, wo sie dich gefunden hat und welche Cheat-Codes sie benutzt hat, um–«

»Mia«, warnte James, seine Stimme tief, als er ihr einen strengen Blick zuwarf.

Ihre Wangen erröteten, als sie sich ein weiteres Stück Pizza nahm. Ich konnte die Beziehung zwischen den beiden immer noch nicht genau einordnen. James und ihr Vater waren gute Freunde, und er besuchte sie oft, weil James der Geschäftsführer einer Architekturfirma war, in der Mias Vater arbeitete. Mias Mutter war verstorben, und ihr Vater war ihre einzige Familie, aber er hatte einen brillanten Job als Elternteil gemacht, denn sie war lustig und liebenswürdig.

»Ivy ist die Schwester meines besten Freundes«, antwortete Aiden auf Mias vorherige Frage und schenkte mir ein kleines Lächeln. »Wir haben uns nach ein paar Jahren wiedergetroffen, und es hat zwischen uns gefunkt.«

»Heilige Scheiße!«

Sowohl Clyde Miller als auch James sagten gleichzeitig: *»Ausdrucksweise.«*

Was sie ignorierte – *so ist's richtig, Mädchen* – und fuhr fort: »Du lebst also den Traum des Beste-Freunde-des-Bruders-Klischees. Das ist so cool! Ich kann es kaum erwarten, Summer davon zu erzählen.«

Ich verbarg meine Röte und stopfte mir mehr Pizza in den Mund. Anscheinend hatte ihr Vater geplant, ein großes Essen für uns alle zu kochen, aber er hatte vergessen, einkaufen zu gehen, und so endeten wir damit, Pizza zu bestellen. Ich hatte Kekse gebacken und Aiden hatte einen teuren Weißwein mitgebracht, den wir alle außer Mia genossen, die schmollend auf ihrem Stuhl saß. Aber ich hatte gesehen, wie James ihr ein paar Schlucke gegeben und den Kopf geschüttelt hatte, als sie mehr wollte, und das Weinglas außerhalb ihrer Reichweite hielt. Es war niedlich.

Als das Gespräch von unserer Beziehung zu unserer Arbeit überging, begannen die Männer über die Arbeit im Krankenhaus, in privaten Firmen und in James' Unternehmen, Fox Constructs, zu reden. Ich hatte den Namen schon einmal gehört. Es war eines der ersten Unternehmen in den Staaten, das grünes Engineering einsetzte.

Mias Kopf schnellte von ihrem Handy hoch, als James seinen Rücktritt verkündete.

»Warte, was meinst du damit, dass du Fox Constructs verlässt?«

Er sah sie an und sagte: »Ich werde in Saint Helena einen Kurs im Bereich Design unterrichten.«

Ihre Augen weiteten sich, und ich war so fasziniert von ihrem Gespräch, dass ich ein weiteres Glas Weißwein hinunterkippte.

»Seit wann?«, fragte sie mit hoher Stimme. »Warum ausgerechnet Saint Helena von allen Schulen?«

Soweit ich mich erinnerte, ging sie auf dieselbe Privatschule. Obwohl es eine Schande wäre, es als Schule zu bezeichnen, denn es war wie ein Fünf-Sterne-Resort gebaut, das eine Schule und eine Universität mit drei Gebäuden auf einem riesigen Grundstück umfasste.

James zuckte mit den Schultern: »Ich wollte schon immer unterrichten, und was gibt es Besseres, als jungen Köpfen die Grundlagen des Designs beizubringen.«

»Nein«, sagte sie und stand vom Tisch auf.

Ich wollte mir gerade ein weiteres Glas Weißwein einschenken, als Aiden meine Hand festhielt und mir einen strengen Blick zuwarf. Ich streckte ihm die Zunge heraus, blieb aber an Ort und Stelle, weil ich wusste, dass er nicht wollte, dass ich für unsere... nächtlichen körperlichen Aktivitäten betrunken war.

»Mia«, runzelte ihr Vater die Stirn. »Setz dich. Es ist keine große Sache.«

»Du wusstest davon und hast mir nichts gesagt?«, beschuldigte sie ihren Vater und wirkte verletzt. Mit verschränkten Armen funkelte sie die beiden Männer an. »Ich brauche Zeit, um das zu verarbeiten. Es war schön, euch kennenzulernen, Ivy und Aiden.«

Sie verließ den Speisesaal, und wir alle hörten ihre leisen Schritte, die sich entfernten. Ihr Vater seufzte, und ich sprang fast auf meinem Sitz, als Mia zurückgerannt kam, James' Glas Weißwein mitnahm und davonrannte, während sie schrie, dass sie es verdient hätte. Ich presste meine Lippen aufeinander, um das aufkommende Lachen zu unterdrücken, und täuschte einen Husten vor.

»Sie ist ein Quälgeist«, murmelte James leise, aber ich wusste, dass er ein amüsiertes Lächeln verbarg.

»Mein Quälgeist«, sagte ihr Vater liebevoll. »Sie ist genau wie ihre Mutter. Bitte entschuldigt ihr Verhalten. Sie ist an den meisten Tagen nicht so.«

»Ist schon okay, Clyde. Sie ist ein Schatz. Wir freuen uns, euch als Nachbarn zu haben.«

* * *

»Ich will deinen S-C-H-W-A-N-Z in mir haben«, lallte ich und lächelte Aiden an, als er mich wie ein Baby in seinen Armen wiegte. Sein Baby. »Bin ich dein Baby?« Ich stieß ihm in die Wange und kicherte, als er mich anstarrte. Wir bewegten uns auf und ab, und mein Magen benahm sich komisch. »Ich will an deinem Pullermann lutschen.«

»Um Gottes willen, Blütenblatt, bitte sei still.« Aiden legte mich auf eine Wolke der Behaglichkeit, und ich wand mich, als würde ich einen Schneemann auf der Wolke bauen.

»Deshalb habe ich dir gesagt, du sollst keinen Weißwein trinken. Du verträgst so wenig.«

»Gemeiner Kerl«, schmollte ich ihn an, als er sich auf den Boden kniete und meine Sandalen auszog, dabei sanft meine Füße hielt. Ich war kitzlig und hätte ihm fast ins Gesicht getreten, als er die zweite Sandale auszog.

»Schade, dass du diesen gemeinen Kerl liebst«, flüsterte er und bettete meinen Kopf auf das Kissen.

Ich schüttelte den Kopf: »Nein.«

»Nein?«

»Nein. Ich liebe nur Aiden... er ist-er ist wirklich cool. Gut aussehend und grummelig, aber-« *Schluckauf*, »-er macht Sex mit mir so gut. *Dabs*.«

»Dabs?«

Ich holte tief Luft und funkelte den Mann an, der Aiden so ähnlich sah, und nickte. »Der Beste. Allerbeste. Ich will ihn heiraten.«

Ich hörte, wie er scharf die Luft einzog, und bevor ich ins Traumland schwebte, hörte ich Aidens Stimme in meinem Ohr flüstern: »Heirate mich, Blütenblatt.«

Als ich einschlief, hatte ich ein riesiges, dümmliches Lächeln im Gesicht.

Weiterlesen: die ersten 5 Kapitel von Verführerischer Lehrer

MEIN HINTERN IST NIEDLICH

MIA

Meine besten Freundinnen waren Lügnerinnen. Es gibt nichts Spaßiges daran, in einem engen, verschwitzten Haus zu sein, das voll ist mit jugendlichen Hormonen, lauter Musik, Schweiß, Alkohol und dem beißenden, scharfen Geruch von Gras, der in der Luft hängt.

Ich bahnte mir einen Weg durch die verschwitzte Masse betrunkener Leute und suchte nach meinen Freundinnen, die begierig darauf waren, Aaron Matthews' »neues Zeug« in seinem Zimmer auszuprobieren. Es war sein Haus, und als reiches Kind der Gouverneure unseres Bundesstaates konnte er tun, was er wollte, wenn seine Eltern außer Haus waren.

Da unsere Schule morgen begann, erhielten alle aus unserem Jahrgang, einschließlich der Oberstufenschüler, eine Videoeinladung – ja, ein Video – zu seiner Party zu kommen und sich »abzuschießen«.

Ich weiß, die Jugend von heute.

»Hey Mia!« Ich drehte mich um und stand Auge in Auge mit Aaron, dem Gastgeber. Seine Pupillen waren weit und das Weiße seiner Augen war rot.

»Wo sind Emma und Summer?«, schrie ich ihn an, weil die Musik zu laut war.

»Was? Wer?«

»Emma und Summer? Eine von ihnen ist als Sailor Moon verkleidet, weil sie dachte, das wäre eine Kostümparty.« Summer war die einzige Person, die zu einer Party in einem blauen Rock und weißem Oberteil mit roten Overknees kommen würde. Emma hatte geseufzt und gemurmelt, sie kenne sie nicht, als sie uns mit ihrem Fahrer abholen kam. »Sind sie oben?«

Seine Augen leuchteten vor Erkenntnis auf, als er nickte. »Die Tussi im blauen Minirock? Ja, sie hat eine Menge Süßigkeiten gekauft. Aber ich weiß nicht, wo sie sind.« Er lehnte sich näher. Der Geruch von Gras wehte in meine Nase, als er mir ins Ohr sagte: »Mein Zimmer ist leer. Willst du mitkommen?«

Ich schüttelte den Kopf. »Nein, danke. Ich nehme keine Drogen.«

Ich drehte mich um und ging von ihm weg, bevor er seinen nächsten Satz beenden konnte. Ich erstarrte, als ich ein Mädchen sah, wahrscheinlich eine Oberstufenschülerin, die kreischend und in nichts als Jeansshorts vom Küchenflur in Richtung Hinterhof rannte, während sie ihre... Mädchenteile mit den Händen bedeckte.

»Ich glaube, ich habe für einen Tag genug gesehen«, murmelte ich vor mich hin und rief Emma zum zehnten Mal in einer Stunde an. Ich hätte Summers Idee, zu dieser Party zu gehen, nicht zustimmen sollen, aber ihre Hundeaugen waren genug, um mich zu überzeugen.

Der schrille Klang von Sirenen drang an meine Ohren, und meine Augen weiteten sich. Der DJ stoppte die Musik, und alle begannen, sich zu zerstreuen.

»Was passiert?«, fragte ich das angetrunkene Mädchen neben mir und half ihr auf, als sie stolperte.

»Die Bullen sind hier«, grinste sie schwindelig zu mir. »Die Party geht in Calebs Haus weiter, du solltest mitkommen!« Jubel brach aus, als die Menge zur Hintertür stürmte.

Ein Nachbar musste sich über den Lärm beschwert haben, aber wenn die Polizei uns alle mit Drogen und Süßigkeiten – wie Aaron es gerne nannte – sehen würde, würden wir alle in großen Schwierigkeiten stecken. Und es stand nicht auf meiner Bucket List, von der Polizei verhaftet zu werden und den enttäuschten Blick meines Vaters zu sehen, wenn er mich auf Kaution herausholt und mich dann verstößt.

Ich wählte Summers Nummer.

»Hallo?«, sprach ihre honigsüße Stimme durch das Telefon.

»Summer! Wo seid ihr? Die Polizei ist hier–«

»Ha!", kicherte sie. »Du bist darauf reingefallen, Dummerchen. Hinterlasse mir eine Sprachnachricht nach dem *Pieeeep*.«

Ich seufzte, während ich zuhörte, wie sie einen robotischen Piepton nachahmte, und nahm mir geistig vor, sie dafür zu tadeln, dass sie ihre Mailbox-Ansage geändert hatte. Schon wieder. »Ruf mich zurück, wenn du das hörst. Ich hoffe, du und Em sind bei Caleb in Sicherheit.«

Caleb war Emmas Freund, und ich hatte ihn nicht durch die panische und aufgeregte Menge betrunkener Teenager vom Hinterhof rennen sehen. Ich war zu klein und zierlich, um mich durch die ankommenden Teenager zu schieben und nach oben zu gehen. Mein Körper wurde bereits durch die Menschenmassen geschoben, während alle in betrunkener Herrlichkeit lachten und kreischten. Panik ergriff mich, als ich hörte, wie die Polizei durch die Vordertüren in das Haus eindrang, und Adrenalin durchströmte mich mit der Angst, von meinem Vater verstoßen zu werden.

Ich stampfte und boxte mich aus der Menge, rannte in die

entgegengesetzte Richtung der Leute, sprintete die andere Straße hinunter und dankte meinem früheren Ich dafür, abgelatschte Vans und keine Absätze zu tragen. Mein Herz brannte, als ich ein paar tiefe Atemzüge nahm und versuchte, mich zu beruhigen. Ich war allein auf der leeren Straße.

Dann erinnerte ich mich daran, dass meine Freundinnen für die Nachparty zu Calebs Haus gegangen sein könnten.

Dumme, dumme Mia.

Um die Sache noch schlimmer zu machen, begann es zu regnen und durchnässte mich und meine Kleidung sofort. Ich fluchte und versuchte, die dünne Bluse von meiner Haut zu ziehen, aber sie klebte an mir wie Leim. Ich wollte fast meinen Vater anrufen, erinnerte mich aber daran, dass er mit seinen Freunden ein Eishockeyspiel ansehen wollte und wie sehr er sich darauf freute. Ich wollte ihn nicht stören.

Das ließ nur eine andere Option übrig. Aber es ist Wochenende und er könnte ein Date haben, und was, wenn ich ihn auch störe? Kopfschüttelnd stellte ich mich unter den Schatten eines Baumes. Kaltes Wasser rann mir durch die Haare, fiel auf meine verschränkten Arme und ließ mich zittern. Ich wandte meinen Blick ab, als zwei Männer die andere Straße entlanggingen und mich musterten.

Ich erinnerte mich an seine Worte von vorher. Als ich die Treppe heruntergekommen war, nachdem ich mich für die Party fertig gemacht hatte. Er hatte mich mit einem Stirnrunzeln angesehen und gesagt: »Ruf mich an, wenn irgendetwas passiert.«

Zu irgendetwas zählt auch, im Regen gestrandet zu sein, oder?

Ich wählte seine Nummer und rieb mir über den Arm, um die Gänsehaut zu stoppen. Meine schicke Bluse und Shorts waren durchnässt. Ich wollte mir nicht vorstellen, wie mein Gesicht mit der verschmierten Wimperntusche auf meinen Wangen aussah.

Er nahm beim dritten Klingeln ab. Seine reiche, samtige Stimme schnurrte durch mein Ohr: »Wo bist du?«

Ich biss mir auf die Lippe, um ein Lächeln zu unterdrücken, wippte auf meinen Schuhsohlen und fragte: »Woher wusstest du, dass ich in Schwierigkeiten stecke?«

»Bist du in Schwierigkeiten?«

»Nein.«

»Dann sollte ich wohl zu meinem Date mit Julia zurückkehren, die auf ein ganz besonderes Dessert wartet?«

Irritation stach durch meinen Schädel, und ich bereute es, ihn angerufen zu haben. Ich hätte wie alle anderen zu Calebs Haus gehen sollen. »Oh je. Es tut mir leid, dass ich dein Date störe.«

»Ich mache nur Spaß.« Erleichterung durchflutete mich, und ich hasste, dass es mich erleichterte, obwohl es das nicht sollte. Er war der beste Freund meines Vaters. Es *war nicht* richtig. »Sag mir, wo du bist.«

Ich nannte ihm den Straßennamen und hörte durch das Telefon, wie Schlüssel klimpernd und die Tür zuschlagend.

»Bleib dort, Prinzessin. Ich bin in zehn Minuten da.«

Der Klang seiner glatten Stimme linderte die Panik, und ich blieb still, auch als der Regen heftiger wurde. Kleine Schauder krochen mein Rückgrat hinauf, während der Regen schneller herabtropfte. Ich zuckte zusammen, als ein Donner den dunklen Himmel durchschlug, und Gänsehaut überzog meinen ganzen Körper.

Ich wippte auf meinen Schuhen vor und zurück, mein Herz schlug schneller, während ich darauf wartete, dass sein Auto auftauchte. Es war weit nach meiner Ausgangssperre, und kurz bevor ich ihn wieder anrufen konnte, ging mein Handy aus.

»Das ist ja toll«, murmelte ich unter meinem Atem und stieß mit etwas zusammen. Mein Kopf schoss nach oben, und ich blinzelte den Typen an, der vor mir stand. »Entschuldigung.«

»Wer bist du?«, versuchte ich, an ihm vorbeizugehen, aber er hielt mich am Ellbogen fest. Seine Stimme lallte, und er schien betrunken zu sein. »Was machst du zu dieser Stunde hier draußen... und trägst *das*?«

»*Wie bitte?*« Stirnrunzelnd kämpfte ich mit seinem Griff an meinem Arm, aber seine Finger drückten sich so fest in meine Haut, dass es wehtat. »Wer zur Hölle bist du, der versucht, um diese Uhrzeit ein minderjähriges Mädchen anzumachen?« Ich presste meinen Kiefer zusammen und zog mich weg, aber er gab nicht nach. »Lass mich los, oder ich schreie und trete dir so heftig in deine Familienjuwelen, dass du nie wieder in der Lage sein wirst, dich fortzupflanzen.«

»Du bist also minderjährig, betrunken und ganz allein in diesem Regen, durchnässt in deinem knappen Top?«

»Danke, Herr Offensichtlich, aber ich bin nicht betrunken.«

»Du kommst mit mir.« Das lüsterne Lächeln auf seinem Gesicht ließ mich würgen wollen.

»Nein, tue ich nicht.« Ich wusste, dass es nichts bringen würde, ihm in die Eier zu treten, da er mich bereits von der Straße wegzerrte, wo ich James gesagt hatte, dass ich warten würde, aber ich könnte so fest wie möglich auf seinen Fuß treten.

»Lass sie los.«

Ich seufzte erleichtert, als ich ihn vor mir stehen sah. Der Regen hatte eine Weile aufgehört, und das einzige Geräusch, das ich hören konnte, war das laute Hämmern meines Herzens gegen meine Ohren und mein Atem.

»Ich habe sie zuerst gefunden«, sagte der Fremde mit einem widerlichen Grinsen im Gesicht. »Du kannst dich anstellen.«

Mir klappte die Kinnlade herunter, als ich seine rohen

Worte hörte, während Hitze meinen Nacken hinaufkroch. Ich tat das Einzige, was ich tun konnte. Ich kniff ihn. *Hart*. Der Typ quiekte mit einer hohen Stimme und ließ meinen Arm los.

»Ekelhafter Mistkerl.« Ich rieb über die roten Abdrücke seiner Finger auf meiner Haut.

Ein warmer Mantel umhüllte meine Schultern, und ich blickte auf sein kantiges Gesicht, das sich näherte. »Geht es dir gut, Mia?« Seine tiefblauen Augen waren besorgt und ein wenig wütend.

Ich nickte, zu ängstlich, um in solcher Nähe zu seinem Gesicht etwas zu sagen. Seine Finger strichen über den roten Schimmer auf meinem Arm, und er starrte den Typen an, der zu beschäftigt war, um James' scharfen Blick zu bemerken.

Ich unterdrückte mein Keuchen, als er auf ihn zustürmte und ihn so hart schlug, dass er zu Boden fiel. James packte den Typen am Kragen und es war Blut am Mundwinkel des Fremden. Er sagte etwas zu ihm. Die Augen des Fremden flackerten voller Angst zu mir, als er nickte, und James ließ ihn los. Er hastete davon, ohne uns einen Blick zurückzuwerfen.

»Was hast du gemacht?«, fragte ich, als er mein Handgelenk griff und mich zu seinem Auto brachte. Ich wusste, dass er reich war, aber nicht so reich, dass er sich so-viele-Elektro-und-Sportwagen-kaufen-wie-ich-will leisten konnte. Also war ich verblüfft, als ich sah, wie er die Autotür mit einer Karte entsperrte. »Was hast du ihm gesagt?«

Seine Augen verengten sich zu mir, und ich spürte, wie sich die Nerven in meinem Bauch anspannten. Er hatte sich seit einem Tag nicht rasiert, und der Stoppelbart an seinem Kiefer sah im Licht der Straßenlaterne, wage ich zu sagen, köstlich aus.

»Du hast fünf Sekunden, um ins Auto zu steigen.«

Ich setze mich, wohin immer du willst, James.

Den Unsinn in meinem Kopf ignorierend, sagte ich: »Und wenn nicht?«

»Du kannst nach Hause laufen, oder?« Er legte den Kopf schräg.

Das würde er nicht tun, oder? Ich wollte nicht auf dem Heimweg auf einen weiteren Perversen stoßen. Aber er kam zu meiner Rettung, in der Sekunde, als ich ihn anrief, und es ist Wochenende. Er hätte mir einfach ein Uber rufen können, aber das tat er nicht.

Seinen Bluff auffordernd, runzelte ich die Stirn und hob mein Kinn. »Du würdest mich niemals nachts allein nach Hause laufen lassen.«

»Du hast Recht«, knurrte er, trat näher und drängte mich gegen die Rückseite seines Autos. Er schien vorher wütend zu sein, aber jetzt sah er rasend aus. So rasend, dass er mich fressen könnte. »Ich würde dich niemals allein nach Hause laufen lassen, Mia, aber ich *kann* und ich *werde* dich nach Hause laufen lassen, während mein Auto dir folgt, wenn du deinen süßen kleinen Hintern nicht sofort in das verdammte Auto setzt.«

Ich weiß nicht warum, aber ich fand das unglaublich heiß.

Wieder einmal ignorierte ich den Unsinn, den mein Gehirn produzierte.

Er sagte, mein Hintern sei niedlich.

Jap, da war definitiv etwas in meinem Getränk gemischt.

»I-Ich will wissen, was du dem Typen gesagt hast.«

»Fünf.«

Meine Augen weiteten sich und ich zog seinen Mantel enger, abgelenkt von seinem rauchigen Cologne. »Das kannst du nicht machen.«

»Vier.«

»Ich bin kein Kind!«

»Drei.«

»Hörst du mir überhaupt zu?«, fragte ich und starrte ihn an.

»Zwei.«

»Weißt du was?«, lehnte ich mich näher und leckte mir über die Lippen, gab ihm seinen Mantel zurück und drückte ihn in seine Hände. »Du kannst ihn behalten, wenn du mich weiterhin wie ein Kind behandeln willst. Ich laufe allein nach Hause zurück.«

Ich wandte mich von ihm ab und ging weg.

»*Eins.*« Seine sanfte Stimme sandte einen Schauer über meinen Rücken, »Und falsche Antwort, Prinzessin.«

DU BIST HEISS

MIA

»Falsche Antwort, Prinzessin.«

Ich schluckte den Kloß in meinem Hals hinunter, als er sich mir näherte, seine große Gestalt über mir aufragte. Er wirkte so gefasst, ich hasste es. *Verabscheute* es regelrecht. Ich war von Kopf bis Fuß durchnässt, und meine Schuhe machten bei jeder Bewegung quietschende Geräusche, während er völlig unberührt vom Regen aussah. Da stand ich wie ein nasser Lappen in durchnässten Socken, und er sah aus, als wäre er gerade von einem Abercrombie-Fotoshooting gekommen.

»W-was wirst du tun?« Ich wollte nicht stottern. Stottern war etwas für Schwächlinge, aber ich würde lügen, wenn ich behaupten würde, dass seine Nähe mich nicht beeinflusste. Und er roch so, *so* gut. Ich wollte meine Nase in seinem Nacken vergraben und schnüffeln. Ihn sogar nach seinem Parfüm fragen, damit ich es wie eine kleine Verrückte kaufen, über mein Bett sprühen und mich darin wälzen könnte.

Ja, definitiv war irgendwas in meinen Getränken.

»Ich werde dich ficken.«

»Was?« Meine Lippen öffneten sich, als ein Auto vorbeifuhr, und Feuchtigkeit sickerte aus mir heraus, was meine ohnehin schon nasse Unterwäsche noch *nasser* machte. »Bist du sicher... dass du das tun willst?« Ich schaute mich auf dem leeren Gehweg um, meine Wangen fühlten sich warm an.

»Natürlich bin ich sicher, Mia.« Er klang so bestimmend und streng, dass es mich gleichzeitig ängstigte und erregte.

Es war keine Überraschung, dass ich seit dem Tag, an dem mein Vater ihn mir vor einem Jahr vorgestellt hatte, den größten, schnellsten und saftigsten Crush auf ihn hatte. Ich war damit beschäftigt gewesen, mich mit Hochzeitstorte vollzustopfen, als mein Vater mir das Prachtexemplar namens James Fox in einem maßgeschneiderten Anzug präsentierte. Mit einem unbeholfenen, zahnspangenbedeckten, zahnigem Lächeln und einem unsicheren Körpergefühl hatte ich schüchtern seine Hand geschüttelt, während er mir durch die Haare wuschelte. *Wuschelte.* Als wäre ich ein Kind für ihn. Vermutlich war ich das auch, wenn man bedenkt, dass er achtzehn Jahre älter war als ich.

Mit sechzehn hatte ich meine Anziehung zu ihm in den Prominenten-Crush-Ordner meines Gehirns einsortiert, zusammen mit Cillian Murphy, Michael Fassbender, Andrew Garfield und Tom Hiddleston. Mir wurde klar, dass ich eine Schwäche für heiße ältere Männer mit britischem Akzent hatte, die möglicherweise auch britisch aussahen. Kein großes Ding, viele Menschen schwärmen für ältere Prominente, und ein Blick auf die Tumblr-Startseite reichte, um das zu erkennen.

Aber mein Crush auf James war alles andere als simpel.

James hielt meinen Ellbogen, sein Griff war fest, und meine Haut kribbelte, wo er mich berührte, und zeigte auf den Beifahrersitz. »*Setz dich.*«

Ich reckte den Hals, um ihn anzusehen, und leckte mir

über die Lippen, als unsere Blicke sich trafen. »W-was würde mein Vater dazu sagen?«

Ich zuckte innerlich zusammen, als ich ihn in all dem erwähnte. Ich wollte nicht an meinen Vater denken, wenn ich mit James zusammen war, was sehr selten vorkam, aber ich musste sicher sein.

Wenn mein Vater herausfände, dass sein bester Freund mit seiner einzigen Tochter geschlafen hat... *ja, nein, das würde nicht gut aussehen.*

Er hob eine Augenbraue, was mich dazu brachte, mit den Füßen zu scharren. »Dein Vater muss davon nichts wissen.« Seine Finger verstärkten den Druck auf meine Haut, als er näher kam, unsere Kleidung berührte sich fast. »Jetzt setz dich in den verdammten Wagen, bevor ich dich hineinschleppe.«

Mein Vater muss nichts davon wissen?

Er *wollte,* dass ich sein schmutziges kleines Geheimnis bin.

Meine Zunge fühlte sich wie Blei an. Ich krabbelte auf den Autositz und setzte mich, versuchte, meine schwere Atmung zu beruhigen, aber es funktionierte nicht. Alles, woran ich denken konnte, waren seine großen, adrigen Hände, die mich überall berührten, mich immer wieder an den Rand des Orgasmus brachten, während er mich fickte, wie er gesagt hatte.

»Warum sind deine Wangen so rot?«

Weil ich sehr jugendfreie Gedanken über deine Hände, deine Zunge und deinen Schwanz in mir habe.

»Weil mir kalt ist?« Ich versteckte mein Gesicht hinter meinen Haaren und hoffte, er würde nicht bemerken, dass ich jetzt einer Tomate ähnelte.

Ich hielt den Atem an, als seine Finger meinen Kiefer berührten und mich dazu brachten, ihn anzusehen. Seine Augenbrauen waren zusammengezogen, während seine

Augen über mein Gesicht wanderten, und dann berührte er meine Stirn mit seinem Handrücken.

»Du bist heiß.«

»Nun, das hoffe ich doch«, antwortete ich mit einem unbeholfenen Lachen.

»Was hast du auf der Party getrunken?«, fragte er und überraschte mich, indem er sich näher lehnte. Ich öffnete die Lippen, um zu antworten, aber ich verlor mich in seinen traumhaften Augen. Ich konnte keinen klaren Gedanken fassen, wenn er in der Nähe war. *Wie sollte ich intim mit ihm werden, wenn mein Gehirn zu Brei geworden war? War ich überhaupt bereit dafür? Mit ihm?* Ich wurde in die Realität zurückgeholt, als er den Sicherheitsgurt über mich zog und mich anschnallte.

Ach. Er wollte mich nicht küssen.

Noch nicht.

»Ich erinnere mich nicht«, antwortete ich, schaute auf meinen Schoß und verzog das Gesicht bei dem Gedanken, dass meine nasse Kleidung seinen teuren Ledersitz durchnässte. »Es tut mir leid, dass ich deinen Autositz ruiniere.«

Der Wagen startete mit einem sanften Schnurren auf Knopfdruck. Er warf mir einen flüchtigen Blick zu und antwortete: »Keine Sorge, ich lasse die Bezüge jede Woche wechseln.«

Wie reich war dieser Typ?

»Warum jede Woche?«

Seine Mundwinkel verzogen sich. »Weil sie jede Woche befleckt-*äh,* ruiniert werden.«

Ich runzelte die Stirn. *Ruiniert wodurch?*

Achselzuckend lehnte ich mich im bequemen Sitz zurück und schaute aus dem Fenster, mein Herzschlag beschleunigte sich mit jedem Kilometer. Als ich die vertraute Straße bemerkte, zitterte ich bereits.

Ich musste sichergehen, ob er wirklich vorhatte, mich zu

ficken. Vielleicht dachte er, er würde mir ein Geschenk zum Beginn der High School als Elftklässlerin machen, indem er meine Jungfräulichkeit nahm und mir alle Wege der Lust und des Verlangens zeigte. Er sah jedenfalls wie die Sünde selbst aus, und ich war bereit, seine Sünderin zu sein, sogar auf Knien, wenn er mich darum bitten würde.

Aber da gab es noch etwas anderes...

»James«, begann ich, als er den Wagen in meiner Einfahrt parkte. »Ich bin siebzehn.«

Er blinzelte mich langsam an. »Ich weiß.«

Oh, wow, sprich über Entschlossenheit.

»Ich bin wirklich siebzehn, James", betonte ich. »Also nicht erwachsen, aber irgendwie erwachsen*isch*. Ich meine, ich werde bald achtzehn, *haha,* nicht dass es ein Problem wäre, aber ich bin nur-«

Mein Blick wanderte zu seinem Finger auf meinen Lippen. Meine Lippen brannten, wo der weiche, gepolsterte Teil seines Zeigefingers auf dem unteren, volleren Teil meiner Lippen lag, und alles, was ich tun wollte, war, meine Lippen zu öffnen und seinen Finger hineinzunehmen. Den Knöchel seines Fingers auf meiner Zunge zu spüren und ihn zu lecken. Ihn zu schmecken. Ihn zu *saugen*.

»Mia. Ich weiß, dass du siebzehn bist.« James zog sich zurück, bevor ich ihm meine außergewöhnlich amateurhaften Saugkünste zeigen konnte. Diese Künste hatte ich einmal im Hinterzimmer des Chemielabors mit einem Klassenkameraden eingesetzt, aber er kam auf meine teure neue Jeans und ruinierte sie, also habe ich es nie wieder versucht.

»Komm. Lass uns in dein Schlafzimmer gehen.«

Ich kicherte und fuhr mir mit der Hand durch die Haare. »Du wartest nicht, oder?«

»Worauf sollte ich warten?«

Er schloss die Haustür auf – ja, er kannte sogar den Code

für unser Haus. So sehr vertraute mein Vater ihm. *Oh, armer Papa. Was würde er sagen?* Er war bei seinen Kumpels, schaute Hockey, aß Zwiebelringe und dachte, seine Tochter würde die Ausgangssperre einhalten und tief und fest im Bett schlafen.

»Komm schon, beeil dich, Mia. Ich habe nicht viel Zeit.« James drängte mich hinein. „Ich habe morgen früh Besprechungen.«

Ich werde auf jeden Fall im Bett sein. Nur aus anderen Gründen.

SIEH MICH AN UND ANTWORTE

MIA

Ich schluckte den Kloß in meinem Hals hinunter und blieb an der Haustür stehen, wie er es mir befohlen hatte. Er kam mit ein paar Handtüchern zurück, nachdem er im Badezimmerschrank herumgewühlt hatte. Ich nahm eines davon an und begann, meine Hände und mein T-Shirt abzutupfen, während ich entsetzt bemerkte, dass mein hautfarbener BH durch das durchsichtige dunkle Oberteil deutlich zu sehen war. Ausgerechnet in der Nacht, in der ich mich entschied, etwas Sexy anzuziehen, blamierte es mich. *Super, danke Welt.*

»Oh«, ich ließ ein leises Kichern hören, als er begann, mein nasses Haar mit einem Handtuch abzutrocknen. »Das musst du nicht tun.«

James funkelte mich an. »Du wirst krank werden. Du kannst deinen ersten Schultag nicht verpassen.«

»*Ober*schultag«, korrigierte ich ihn und verschränkte die Arme.

Seine Augen wanderten zu meinen Armen, bevor sie zu meinem Gesicht hochschossen, während ihm die Röte in den Nacken kroch. »*Vorletztes* Jahr an der Oberschule, Mia.

Du solltest vor dem Schlafengehen eine warme Dusche nehmen und etwas gegen Erkältung einnehmen.« Er berührte wieder meine Stirn, während ich schamlos bewunderte, wie sein Hemd sich über seinen Schultern spannte und sich um seine Bizeps straffte. *Er ist so heiß*. »Deine Haut ist immer noch warm. Komm, lass uns dich ins Bett bringen-«

Meine Augen blinzelten auf seinen dunklen Schopf aus dickem, weichem, sehr ziehbarem Haar, als er vor mir kniete. *Was machte er da unten?*

Dann spürte ich seine Finger an meinen Schuhen, als er sie auszog. Ich quiekte: »I-ich kann das selbst machen.«

James antwortete nicht. Er hielt einfach mein Bein fest und zog die nassen Socken aus. Ich erschauderte und hielt mich an seinen muskulösen Schultern fest, als seine Hand über die weiche Haut meiner Füße strich und mich kitzelte. Als er aufstand, waren seine Pupillen geweitet mit einem Ausdruck, den ich noch nie auf seinem Gesicht gesehen hatte... oder ich träumte möglicherweise.

Ich wusste nicht, was er in meinem Gesicht sah, aber er schüttelte den Kopf und bellte: »Komm schon.«

Er wartete nicht auf meine Antwort. Er hielt mein Handgelenk fest und zog mich hinter sich her. James bemerkte nicht, dass er mich nicht zweimal auffordern oder mich mitnehmen musste. Ich würde ihm überallhin folgen, wohin er mich bat.

Mein Herz sank, sobald wir mein Zimmer betraten. Ich hatte das Chaos aus Kleidung, Schuhen, Make-up und Unterwäsche völlig vergessen, das ich beim Fertigmachen für die Party angerichtet und »für später« liegengelassen hatte, bevor ich hinauseilte.

»Verdammt nochmal«, murmelte ich und stopfte die Klamotten in meinen Schrank, wobei ich fast über ein Paar schwarze Stilettos stolperte. Ich stöhnte und hievte, versuchte mein großes Prinzessinnenbett so gut wie möglich freizuräumen.

James musste mein Zimmer anschauen und denken, wie unreif ich war. Mit koreanischen Band-Postern, aus denen ich herausgewachsen war, einem *Speed*-Filmposter, weil ich Keanu Reeves liebte, und kleinen Polaroids von mir und meinen Freunden, die überall an den hellpfirsichfarbenen Wänden klebten.

»Es tut mir leid«, sagte ich errötend, als er mir vorsichtig half, das Band eines kirschroten Push-up-BHs, der zu klein für meine Mädels war, von der Türecke zu entfernen. »Ich weiß nicht, wie der da hingekommen ist.«

»Du musst dich nicht entschuldigen. Als ich in deinem Alter war, sah mein Zimmer aus wie nach einer Kriegszone.«

Ich biss mir auf die Lippe und nickte, warf den BH in meine Kommode und knallte sie zu. »Also, wie willst du... wie willst du das machen?«, fragte ich und schaute auf mein Bett mit seiner rosa Blumenbettwäsche, neun Kissen und zwei Stofftieren.

Ich war kurz davor, von meinem Schwarm, der der beste Freund meines Vaters und mein baldiger heißer Lehrer ist, in demselben Prinzessinnenbett gevögelt zu werden, das er meinem Vater beim Aufbauen geholfen hatte.

Man nennt es wohl eine Mitteljugend-Schwarm-Krise.

»Nimm erst eine Dusche.«

»*Oh*«, ich richtete mich auf. Ich dachte nicht, dass ich so schlecht roch, aber... okay. »Ich werde gleich-«

Ein schriller Klingelton unterbrach unseren Blickkontakt. Ich ignorierte das Ziehen in meinem Herzen, als er den Anruf entgegennahm. Ich konnte eine Frauenstimme am anderen Ende der Leitung hören, und mein Herz sank noch tiefer.

Als er das Gespräch beendete, wusste ich, was er sagen würde, also hielt ich mein falsches Lächeln bereit.

»Es tut mir leid, Mia. Ich muss bald gehen.«

»Natürlich.« Ich lächelte breit und nickte viel zu schnell. »Kein Problem.«

James ging auf mich zu, und ich hielt den Atem an, als seine Lippen näherkamen und auf meiner Stirn landeten. »Vergiss nicht, eine heiße Dusche zu nehmen, bevor du dich ins Bett legst, okay?«

»Natürlich, James. Ich bin jetzt ein großes Mädchen.« Mein Lächeln gefror und ich wiederholte seine Worte in meinem Kopf. »Warte, was hast du gerade gesagt?«

»Ich sagte, vergiss nicht, eine heiße Dusche zu nehmen.«

»Nein, danach.«

»Dich ins Bett legen?«

Ich starrte ihn an und blinzelte. »Du... du wolltest mich ins Bett bringen?«

»Ja. Ich sagte, ich werde dich ins Bett bringen, bevor wir zu Hause ankamen.« Er runzelte die Stirn und neigte den Kopf. »Bist du sicher, dass es dir gut geht?«

James hat nie gesagt, dass er mich ficken wollte. Er wollte mich *ins Bett bringen*.

Oh mein Gott, du dumme Idiotin.

»Haha. Du wolltest mich ins Bett bringen. *Haha*. Natürlich. Klassisch ins Bett *brin*gen. *Ha*.«

»Weißt du was?« Er holte sein Handy heraus. „Bei nochmaligem Überlegen scheinst du nicht in Ordnung zu sein. Ich werde auf der Couch schlafen.«

Ich hinderte ihn daran, eine Nachricht an die Frau zu schreiben, die er treffen wollte, nachdem er mich ins Bett *ge*bracht hatte. Ich erstickte die Eifersucht, die in meinem Herzen aufstieg und ihn über Nacht bleiben lassen wollte, und brachte mühsam die peinlichen Worte hervor: »Es ist okay. Mir geht's gut. Ich werde duschen und schlafen. *Mich selbst* ins Bett bringen.«

»Bist du sicher, dass ich nicht bleiben soll?«

Natürlich will ich, dass du bleibst! Ich will, dass du bei mir bleibst und mir sanft die Haare trocknest, nachdem ich eine warme Dusche genommen habe. Ich will, dass du bleibst und mit mir unter meiner Blumenbettwäsche kuschelst und mir eine Geschichte erzählst, wie meine Mutter es zu tun pflegte, bevor sie starb. Ich will, dass du an meiner Seite bleibst, weil ich egoistisch bin, und dich niemals gehen lasse, um das Bett einer anderen zu wärmen, weil ich es hasse, wenn ich in diesem verdammt großen Haus allein bin. Ich will, dass du bleibst, deine Arme um mich legst und mir sagst, dass alles gut wird, auch wenn es nicht gut wird.

»Ja, mir geht's gut!« Ich lächelte und drehte mich um, um meinen Bademantel zu finden, damit ich mich in der Dusche einschließen konnte und er die warmen Tränen nicht sehen müsste, die in meinen Augen brannten.

Ich biss mir auf die Lippe, um mein Herz nicht auszuschütten, als er meine Hand hochhob und seine Lippen über meine Knöchel strich. Die sanfte Berührung seiner samtigen Lippen sandte Schauer über meinen Rücken, mein Magen verkrampfte sich vor Nervosität, als seine warme Hand die meine umfasste.

»Ruf mich an, wenn du dich krank fühlst, okay?«

Ich nickte, ohne seinen Blick zu erwidern, weil es wehtat, ihn gehen zu sehen.

Sein Griff um meine Hand verstärkte sich. »Sieh mich an und antworte.«

»Ich werde dich anrufen, wenn ich krank werde.« Ich verdrehte die Augen und begegnete seinen durchdringend blauen Augen. »Jetzt zufrieden?«

Seine Augen verengten sich. „Ich mag diesen Ton nicht, junge Dame. Ich bin älter als du.«

»Na und? Du bist etwa achtzehn Jahre älter. Das spielt keine Rolle.«

Er sagte unter seinem Atem, aber ich hörte es: »Du musst mich nicht daran erinnern.«

Bevor ich fragen konnte, was er damit meinte, drückte er meine Hand und ließ los. »Gute Nacht, Mia.«

Ich beobachtete, wie sein Rücken im Flur verschwand und er die Treppe hinunterging, während ich in einen leeren Raum flüsterte: »Gute Nacht, James.«

James

Ich entspannte meine Finger aus einer festen Faust und starrte sie an.

Weich. Süß. Unschuldig.

Und die siebzehnjährige Tochter deines Freundes.

Ich schüttelte den Kopf, schloss meine Augen und löschte alle unreinen Gedanken über eine gewisse rehäugige Verführerin in durchnässten Kleidern. Aber es half nicht. Ihr kirschduftender Parfüm war überall im Auto, und ich hasste mich verdammt dafür, dass ich diesen Duft in jeder Ecke und Ritze meines Autos, meiner Kleidung, meiner Haut haben wollte.

»*Hölle*«, sagte ich zu mir selbst und starrte böse auf das zweistöckige Haus, in dem meine Sünde lebte. »Du kommst für deine Gedanken in die Hölle, James.«

Ich seufzte und schrieb ihrem Vater und meinem engen Freund Clyde Miller, dass seine Tochter sicher zu Hause war, bevor ich mein Handy ausschaltete. Ich hatte eine lange Nacht vor mir, und ich hatte vor, all meinen Frust an der rothaarigen Frau auszulassen, die mich angerufen hatte.

Das würde ich brauchen. Besonders wenn ich mich das nächste Jahr selbst foltern würde, indem ich einen Haufen Oberschüler unterrichtete.

PORNOSTAR-NAME

MIA

Mit durchnässter Unterwäsche aufzuwachen war nicht ideal. Besonders wenn der Grund für diese durchnässte Unterwäsche der beste Freund meines Vaters war, James Fox.

Ja, sogar sein Name klingt wie der eines Pornostars.

Ich biss mir auf die Lippe, drehte mich auf den Rücken und holte tief Luft. Ich könnte es noch einmal versuchen. Sicherlich würde es einfach sein, nachdem ich so oft versucht hatte, mich selbst zu berühren. Vielleicht zu einfach.

Du kannst das, Mia. Denk einfach an sein gutaussehendes Gesicht, seine köstlich strenge Stimme, sein dunkles Haar und - *verdammt, ja, mmm.*

Meine Hände fühlten sich klein und sanft an, als ich meine straffen Brüste umfasste. Ich stellte mir vor, wie seine großen Handflächen - mit der *Patek Philippe* an seinem Handgelenk, die ich ihm zu seinem fünfunddreißigsten Geburtstag geschenkt hatte - meine Brüste streichelten, wie die Adern auf seinen Unterarmen sich anspannten, während er meine harten kleinen Nippel zwischen seinen Fingern kniff.

Ein Wimmern entfuhr meinen Lippen, als meine Oberschenkel aneinander rieben und meine Pussy immer feuchter wurde, während ich daran dachte, wie er mir Anweisungen gab, wie ich meine Pussy berühren sollte.

Neinneinnein, in meinem Traum nennt er es *seine Pussy*.

Ja, *seine* Pussy. Mein feministisches Ich verabschiedet sich komplett, wann immer ich geile Gedanken über ihn habe.

Meine Augen wanderten zur Seite und betrachteten mein Spiegelbild im Kleiderschrankspiegel. Meine Wangen waren gerötet, die Augen vor Lust verschleiert, meine Handflächen berührten meine nackten Brüste und wanderten über meinen Bauch. Ich streichelte die glatte Haut und erschauderte bei dem Bild von James in meinem Kopf.

Ich spreizte meine Beine, wie er es tun würde, stellte mir vor, wie er seine starke Hand über meinen Oberschenkel hielt und meine Satinshorts samt der durchnässten Unterwäsche abstreifte, mich dabei verspottete, weil ich sie mit meinen Säften ruiniert hatte. Oh, wie köstlich verrucht er mit diesem dunklen Blick in seinen Augen aussehen würde. Er würde mir sogar die Unterwäsche in meinen willigen Mund stopfen, wenn er sich hinunter begeben und mich mit seiner heißen Zunge zum Orgasmus bringen würde.

Mit einem leisen Stöhnen schob ich meine Hand in meine Unterwäsche und summte, als meine Fingerkuppe mit meiner schmerzenden Klitoris in Berührung kam. Die empfindliche Knospe war geschwollen und vibrierte vor Lust, während ich sie langsam rieb und an seine ermutigenden Worte in seiner tiefen, heiseren Stimme dachte.

Genau so, Mia.

Genau richtig.

So berühren brave Mädchen ihre Fotzen.

Nein, nein, nein, mach weiter, ich habe dir nicht gesagt, dass du aufhören sollst.

Du wirst für mich über deine kleinen Finger kommen, hm?

»Mia!«

All meine Fantasien stürzten ein, als ich die dröhnende Stimme im Flur hörte. Ich zog meine Hand aus der Unterwäsche und setzte mich kerzengerade hin. Ich fand mein Satinhemd auf dem Boden, das ich gestern Abend vor dem Schlafengehen ausgezogen hatte.

Egal, was das Internet dir erzählt, nackt zu schlafen ist ein Segen für deinen Körper. Besonders für deine Brüste.

»Mia, du wirst zu spät kommen.« Mein Vater klopfte an die Tür, was alle meine Fantasien über seinen besten Freund verschwinden ließ.

Ich bändigte meine Haare, richtete meine Kleidung und öffnete die Tür, um ihm mein charmantestes Lächeln zu zeigen. »Ich werde nicht zu spät kommen«, sagte ich mit einer kitschigen Stimme, aber sie klang zu hoch. »Ich bin in zwanzig Minuten fertig.«

»Das will ich hoffen, Kleines, wenn du willst, dass ich dich absetze. Ich habe heute ein frühes Meeting.«

»Ay, ay, Kapitän!« Ich schloss die Tür und seufzte, nachdem ich mich im Badezimmer eingeschlossen hatte. Meine Wangen waren immer noch gerötet und mein Herz hämmerte gegen meine Rippen.

Wenn mich nur niemand unterbrochen hätte... vielleicht, nur vielleicht hätte ich endlich gewusst, wie sich ein Orgasmus anfühlt.

»Keine Zeit, darüber nachzudenken«, murmelte ich zu mir selbst, streifte meine Kleidung ab und stieg unter die Dusche.

Ich rasierte mich, wusch und spülte meine schulterlangen Haare, und putzte mir die Zähne in der Rekordzeit von fünfzehn Minuten. Ich hatte das Glück, auf eine Privatschule zu gehen, also mussten wir eine Uniform tragen. Knackiges weißes Hemd, kombiniert mit einem grün-schwarz karierten Rock und weißen Socken mit

Schuhen unserer Wahl. Ich wechselte zwischen meinen klobigen Doc Martens und Mary Janes. Da es der erste Tag meines vorletzten Schuljahres war, entschied ich mich für Mary Janes.

Ich trug meinen Lieblingsschmuck, eine zierliche Herzkette, und steckte sie unter mein Hemd. Meine Mutter hatte sie mir in der Nacht geschenkt, in der sie starb.

Mit der Krawatte über der Schulter rannte ich mit meinem kleinen Rucksack in der Hand die Treppe hinunter und dankte meinem Vater für das Frühstück.

»Bist du bereit für das neue Jahr, Kürbis?«, fragte er, nahm mir die Krawatte ab, band sie fachmännisch und gab sie mir zurück. Das war unser Ritual, denn ich konnte um alles in der Welt nicht lernen, wie man eine Krawatte oder Schnürsenkel bindet. Er hatte versucht, es mir beizubringen, aber es war fruchtlos.

»Ich bin bereit, aber ein bisschen nervös«, antwortete ich, aß die Erdbeeren, nachdem ich die Eier verschlungen hatte. »Ich habe viele AP-Kurse und möchte in keinem davon durchfallen.«

»Das wirst du nicht«, sagte er und lächelte mich an. »Selbst wenn du es tust, weißt du, dass es mir egal ist. Bleib einfach vernünftig und gesund, Kürbis.«

»Ja, Kapitän.«

Ich trug etwas Concealer, Mascara und Lipgloss auf, während ich in den Spiegel in der Diele schaute, wo Mama früher ihr Make-up und ihren kleinen Schmuck aufbewahrte, bevor sie ausging. Ich lächelte traurig den Bilderrahmen mit ihrem Foto neben Papas Schlafzimmer an, das früher ihr gemeinsames Zimmer gewesen war, bevor ein Unfall sie uns entrissen hatte.

Sein Arm legte sich um meine Schulter, und ich schloss die Augen, atmete den gemütlichen Duft von Kürbis und Holz mit einem Hauch ihres Parfüms ein. Ich wusste, dass er es auf sich sprühte, um sich vorzustellen, sie wieder in seinen Armen zu halten.

Er küsste meinen Kopf. »Sie wäre sehr stolz, dich heute zu sehen, Mia.«

»Was?«, lachte ich. »Fast zu spät zur Schule?«

Er zerzauste mein Haar, und ich runzelte die Stirn, fuhr mit der Hand durch mein feuchtes Haar und folgte ihm in die Garage. »Du musst nicht nervös sein. James wird da sein.«

Das ist ja das verdammte Problem, Dad.

»Und ich habe ihm gesagt, er soll auf dich aufpassen, also musst du dir keine Sorgen machen, außer deine-«

»Vernunft zu bewahren.« Ich beendete den Satz für ihn und schloss die Autotür auf der Beifahrerseite. »Übrigens, Dad... wann bekomme ich eigentlich mein eigenes Auto?«

Er startete den Motor und fuhr aus der Garage. »Wenn du dich gut benimmst.«

»Was ich tue.«

»*Hmm.*«

»Hmm mich nicht an.« Ich schmollte auf meinem Sitz und verschränkte die Arme. »Ich würde gerne mit meinen Freunden fahren und-«

»*Mia.*« Er sah mich an, seine grau-schwarzen Haare wie seit meiner Kindheit auf dieselbe Weise gestylt, seine braunen Augen streng mit Linien um sie herum. »Wenn du ein Auto haben willst, musst du mir zeigen, dass du dafür Verantwortung übernehmen kannst.«

»Indem ich was genau tue?« Ich war genervt. »Ich habe drei Sommerferien lang im Diner gearbeitet und dafür gespart, und jetzt sagst du mir, ich soll dafür Verantwortung übernehmen. *Wie?*«

Er antwortete natürlich nicht. Ich stöhnte und schaute aus dem Fenster, wünschte mir, Mama wäre am Leben und würde mich ein Auto haben lassen. Es war nicht so, dass ich nicht einfach in einen Autoladen gehen und es kaufen könnte, da ich bald volljährig werden würde, aber er war mein Vater, die einzige Person, der ich wirklich nahestand, und ich wollte nichts ohne seine Unterstützung tun.

Oder ihn enttäuschen.

Ich schaute auf die teuren Autos, die sich vor der Saint Helena Academy aufreihten. Söhne und Töchter von Schauspielern, Models und Geschäftsleuten wurden vor den einschüchternd hohen Toren abgesetzt. Die Akademie war auf dem Gelände des alten Saint Helena Palace erbaut worden, mit einer Kirche auf dem Akademiegelände. Sie war in Trümmern, bis ein reicher Milliardär den Palast restaurierte und ihn in eine private Akademie für reiche Kinder umwandelte.

»Hab einen schönen Tag, Kürbis. Liebe dich!«, rief mein Vater, sobald ich die Tür öffnete und ausstieg, ihn finster anblickend.

Ich zeigte ihm schnell meinen Rücken und ging durch die Tore, beäugte die einschüchternden, aufragenden Türme der Schule. Sie hatte sogar verdammte Türmchen. Der Palast hatte drei offizielle Gebäude, und jedes hatte seine eigene Abteilung für Schüler und Lehrer - eines für die Mittelstufe, das größte für die Oberstufe und das andere für Lehrer, das auch eine Turnhalle, eine Eisbahn und ein Schwimmbad für unseren Sportunterricht enthielt. Es gab Gerüchte über eine alte Kirche irgendwo in den Bäumen hinter dem Lehrergebäude, aber sie sollte angeblich von Geistern heimgesucht sein, und Sicherheitskräfte lauerten dort herum, da sie für alle verboten war.

Ich hatte keine Vorliebe für spukende Kirchen im Wald, aber meine Neugier darauf brannte in mir.

Meine Augen wanderten zum weitläufigen Parkplatz, wo weitere luxuriöse, glänzende Autos mit zugewiesenen Plätzen für Lehrer und Schüler, deren Eltern eine große

Summe gespendet hatten, um die Akademie am Laufen zu halten, parkten.

»Lustig, dich an diesem schönen Morgen lebend und schmollend zu sehen, Mia!«, begrüßte ich meine Freundin Summer Hayes mit einem Grinsen, als sie ihren Arm um mich legte und mit mir zum Flur ging. »Ich habe gestern Abend die gesamte Fantasy-Reihe beendet, und die Beschreibungen seines Schwanzes waren einfach ein Kuss des Kochs.«

»Du hast nicht gerade laut Schwanz gesagt.«

»*Schwanz*.« Summer grinste: »Siehst du? Ich hab's wieder getan. Oh, schau, da ist Emma. Ich werde sie erschrecken.«

Ich kicherte, als sie zu Emma rannte, sie von hinten umarmte und ihr Schwanz ins Ohr schrie. Das arme Mädchen quiekte, was die anderen Leute um sie herum zum Lachen brachte.

»Ich hasse dich«, grummelte Emma, rieb sich das Ohr und richtete ihre beige Strickjacke. »Du bist nervig.«

Summer streckte ihr die Zunge heraus. »Wenn du mich wirklich hasst, dann werde ich das köstliche Thai-Curry, das meine Mutter für uns gekocht hat, nicht mit dir teilen.«

»Summer, du solltest nicht laut Schwanz in den Fluren schreien, oder ein Lehrer wird uns ausschimpfen.« Ich schauderte bei dem Gedanken, deswegen einen Verweis zu bekommen. »Oder uns sogar suspendieren. Habt ihr gehört, was letztes Jahr mit Thomas passiert ist?«

»Er ist nackt im Schulpool geschwommen und Ms. Laxmi hat ihn gefunden. Na und?«, sagte Emma, als wir uns an ihren Spind lehnten, ihre pastellfarbenen Nägel passend zu ihrer fliederfarbenen Handtasche und der Schleife, die in ihrem Haar steckte. Ihr Spind war voll mit Bildern von uns dreien und von ihr und ihrem Freund.

»Ich habe gehört, dass dieses Jahr neue Fakultäten zu uns stoßen.«

Ich schaute weg und fand meinen Spind, verstaute meine Bücher darin und überprüfte noch einmal meine Kursliste. Ich wollte mich nicht an dem Gespräch über James Fox beteiligen und-

»Ja, der Typ heißt James Fox«, sagte Summer. »Das klingt wie ein Pornostar-Name. Finde ich verdächtig.«

Du und ich beide.

»Summer.« Ich stieß sie mit dem Ellbogen an und nickte zu Ms. Laxmi, die an uns vorbeiging und prüfte, ob sich die Schüler der Saint Helena Academy benahmen oder nicht. »Du bettelst geradezu um einen Verweis. Willst du ein Mikrofon haben?«

»*Mädchen*«, sagte sie gedehnt, seufzte und drückte eines ihrer Fantasy-Bücher an sich, während sie ins La-La-Land abdriftete, »Das einzige, worum ich betteln werde, ist sein perfekt dimensionierter dreißig Zentimeter langer Schwa-*mester!*«

Sie schrie auf und richtete sich auf, als die Dekanin unserer Akademie ihr einen vielsagenden Blick zuwarf. Ich unterdrückte ein Schaudern, als ihre dunklen Augen zu mir und Emma glitten. Sie hielt ihr Kinn hoch, bis sie wegging und zwischen anderen Schülern verschwand.

»Puh, das war knapp.«

Ich schaute sie ausdruckslos an: »Denkst du? Sie würde dich ohne zu zögern rauswerfen, wenn sie dich gehört hätte.«

Sie verdrehte die Augen. »Komm schon, wir können nicht einmal laut über unsere Fantasien sprechen?«

»Sexuelle Fantasien, Summer.«

»Na und? Wenn meine Mutter ein bisschen mehr gespendet hätte, würde sie vergessen, dass sie mich je gehört hat.« Sie zeigte mir ihre Zähne und holte ihre Notizen für das Fach heraus.

Die Glocke läutete, kurz darauf wurden die Schüler

gebeten, die Aula für den ersten Tag zu besuchen und sich inspirieren zu lassen, mehr zu lernen. Es war selbstverständlich, dass die meisten von uns nach unserem Abschluss von der Saint Helena Academy an Ivy-League-Universitäten gehen und gut bezahlte Jobs bekommen würden, nur weil der Name der Akademie in unserem Lebenslauf stehen würde.

Meine Mutter wollte, dass ich hier studiere, und wenn es nicht für sie gewesen wäre, hätte ich die Akademie letztes Jahr nicht besucht... so kurz nach ihrem Tod. In gewisser Weise musste ich James und meinem Vater dafür danken, dass sie mir geholfen hatten, die Aufnahmeprüfung für die Akademie zu bestehen und mich mit Emma und Summer anzufreunden.

»Wir hoffen, dass Sie alle Ihre Träume an der Saint Helena Academy verwirklichen und uns helfen lassen, eine bessere Zukunft zu gestalten.« Die Dekanin beendete ihre Rede mit strenger Stimme und musterte uns alle durch ihre scharfe Brille.

»Mein Traum ist es, von sechs Vampiren gevögelt zu werden-«

Ich stieß Summer mit dem Ellbogen an und hielt den Atem an, als ihre Augen zu unserer Gruppe wanderten und direkt auf Summer starrten, die ihrem durchdringenden Blick standhielt.

»Sehen Sie mich nach Ihrer letzten Stunde, Miss Summer Hayes.«

Alle schauten sie an, einige Leute kicherten und starrten sie böse an, und ein Junge machte eine Geste, als würde er sich die Kehle durchschneiden, bevor er sich abwandte.

»Keine Sorge«, sagte ich zu ihr, als sie das Podium verließ. »Ich werde auf deiner Beerdigung weinen und Taylor Swift-Songs spielen.«

»Har har«, sagte sie und warf ihr Haar über die Schulter.

»Was ist das Schlimmste, was sie tun kann? *Nichts*. Ich bin Summer verdammte Hayes.«

»Lass uns gehen, Mia.« Emma legte ihren Arm um meinen Ellbogen. »Summer denkt immer noch an ihre fünf Vampirlords und wie sie von ihnen gerammelt wird.«

»Sechs Vampirlords, Em! *Sechs*«, korrigierte Summer mit einem Grinsen. »Halt mit!«

Ich lachte mit ihr und winkte Summer zu, die im Ostflügel des Palastes alias der Akademie Unterricht hatte. Ich fragte mich, warum ich James während der Hauptversammlung nicht gesehen hatte. Vielleicht unterrichtete er eine andere Klasse, oder vielleicht würde er im nächsten Jahr dazukommen.

Das wäre viel besser. Ich wollte nicht die Folter durchmachen, in seinen Vorlesungen zu sitzen, seine melodische tiefe Stimme zu hören und meine Pussy, die nach ihm schmerzte. Wenn meine Freunde nur wüssten, wie wenig unschuldig ich war, wie ich vorgab, ein braves Mädchen zu sein, während ich nur wollte, dass der Freund meines Vaters seine Hand um meinen Hals legte und in mich hineinstieß.

Ja. Es wäre ein Segen in Verkleidung, wenn er dieses Semester keinen Unterricht hätte.

Aber natürlich, warum sollte Gott jemals auf eine weiße Siebzehnjährige hören, die Sexträume über den besten Freund ihres Vaters hatte?

»Guten Morgen«, sagte James, der in meine dritte Klasse stolzierte, als würde ihm das gesamte Gebäude gehören. „Ich bin James Fox und Ihr Lehrer für Design und Farben.«

Oh toll, das war nicht gut für mich oder meine Unterwäsche.

JA, MISTER JAMES?

MIA

Seine Stimme hallte durch den Klassenraum mit zwanzig Teenagern, zog unsere Aufmerksamkeit auf sich und ließ mich auf meinem Platz herumrutschen. Ich zupfte an der Krawatte, die sich zu eng um meinen Hals anfühlte, und versuchte, seine große, breitschultrige Gestalt nicht anzustarren. Er sah köstlich aus in seinem maßgeschneiderten, knackig weißen Hemd und seiner Hose. Seine Schuhe waren so glänzend, dass ich mich fragte, ob er eine Extra-Stunde damit verbracht hatte, sie zu polieren. Nee, wahrscheinlich hat er jemand anderen das machen lassen.

Aber was am meisten hervorstach, waren seine Brillen. Ein schwarzes Gestell, das auf seiner markanten Nase saß, während seine Augen hindurchschimmerten und mich auf meinem Platz unruhig werden ließen.

Ich schluckte den Kloß in meinem Hals herunter, als er eine kleine Frage von einem Mädchen beantwortete und dabei die Ärmel seines Hemdes über die Ellbogen hochrollte. *Verdammt, diese Arme.* Seine Hände. Die Uhr, die ich ihm geschenkt hatte, glitzerte im Licht, das durch die offenen Fenster strömte.

»Warum klingt sein Name wie der eines Pornostars?«, flüsterte ein Typ hinter mir, und ich musste mir auf die Innenseite meiner Wange beißen, um nicht laut loszulachen.

Gott sei Dank, ich war nicht die Einzige.

»Gibt es etwas, das Sie mit der Klasse teilen möchten, Matt?« Ich setzte mich aufrecht hin, als James den Typen hinter mir ansprach. Seine köstliche Stimme jagte Schauer durch meinen Körper, und ich musste meine Schenkel zusammenpressen, um mich davon abzuhalten, ihn anzusehen.

»N-nein, Sir, ich bin nur überrascht, einen neuen Lehrer für so ein kleines Fach zu haben.«

Uh-oh, er hatte einen Todeswunsch.

James lachte, und ich warf einen Blick auf ihn, als er sich zu seiner vollen Größe aufrichtete, hinter dem Schreibtisch hervortrat und sich daran zurücklehnte. Er streckte seine langen Beine vor sich aus und wandte sich an die Klasse.

»Matt, was willst du mit deinem Abschluss an der Saint Helena Academy erreichen?«

Seine Antwort kam schnell. »Ich will an eine Ivy-League-Universität kommen, einen Abschluss machen, vielleicht meinen Master machen und einen Job bekommen, der mich reich macht, mit einem großen Haus und einer heißen Freundin-«

»Ich unterbreche dich hier mal.« Unser Lehrer lächelte, und die Schüler kicherten mit ihm. »Wer sonst möchte reich werden und in einem großen Haus leben, wie Matt es ausgedrückt hat?«

Alle hoben ihre Arme. Alle außer einer. Ich verdrehte die Augen, als er Emma ansprach.

»Und Ihr Grund, Miss...«

»Emma", antwortete sie, verschränkte die Arme und lehnte sich auf ihrem Stuhl zurück. »Ich lebe bereits in einer Villa und ich muss nicht reich werden, Mister Fox. Ich *bin* reich.«

»Natürlich«, presste er die Lippen zusammen und kam zurück zum Thema. »Da die meisten von Ihnen reich werden und viel Geld verdienen wollen, werden Sie auch luxuriöse Häuser, Wohnungen oder Gebäude für Ihre Kunden kaufen oder bauen. Aber vorher müssen Sie lernen, wie Raum und Design funktionieren.«

»Das klingt so langweilig.«

Er nickte dem Mädchen zu, das das gesagt hatte: »Das tut es, aber in Zukunft werden Sie mir dankbar sein, dass ich Ihnen beigebracht habe, wie man designt. Also hören Sie auf zu jammern und schauen Sie sich das Material an, das ich Ihnen gebe.«

Ich beugte mich nach unten, um meine Notizen aus meinem Rucksack zu holen, als ich seine Stimme hörte – viel näher bei mir, was mich aus meiner Benommenheit von seiner Einführung aufschreckte.

»Miss Miller?«

Mein Herzschlag stolperte, als ich seine polierten Schuhe betrachtete und meine Augen über seine perfekt gebügelte Hose, seinen Gürtel, die Knöpfe seines Hemdes, seinen köstlichen Adamsapfel, die Stoppeln an seinem markanten Kiefer, die küssbaren Lippen und die starke Nase bis zu seinen dunkelgrünen Augen wanderten.

»J-ja?«, fragte ich und blinzelte ihn an. »Ja, Mister James?«

»Können Sie diese Notizen mit Ihren Klassenkameraden teilen?«

Ich würde alles tun, worum du mich bittest, wenn du mich weiterhin so ansiehst.

Er legte ein Bündel Spiralnotizen auf meinen Schreibtisch, aber ich war zu beschäftigt damit, die kurze Haarsträhne anzustarren, die genau über seiner linken Braue fiel und ihn noch begehrenswerter aussehen ließ. Ich wollte mich näher lehnen und sie wegstreichen.

Ich räusperte mich, stand auf, mein Stuhl quietschte hinter mir, als ich die Notizen näher an mich hielt und schnell nickte, seinen Blick mied, aber seinen nackten Unterarm in mein Gedächtnis einprägte – *oh mein Gott, er hat Adern an seinen Händen und Armen* – und drehte mich um, um die Notizen weiterzugeben, bevor ich mich vor all meinen Klassenkameraden näher zu ihm lehnte.

Das wäre eine ziemlich peinliche Sache am ersten Schultag.

Das kann ich am letzten Schultag machen.

MIA, HOHL DEINEN KOPF AUS DER GOSSE-

»Gibt es ein Problem, Miss Miller?«

Ja, sehen Sie, ich hatte seit einiger Zeit feuchte Träume über Sie, und Sie waren der Grund, warum ich gerade so zappelig war, weil meine Unterhose einfach durchnässt war, nur weil ich Sie ein paar Dinge über die Klasse sagen hörte, während Sie DIESE Hose trugen, die Ihren Hintern so... *köstlich* aussehen lässt.

Ich unterdrückte ein Schaudern, teilte weiter die Notizen aus und lächelte ihn an: »Kein Problem, Sir.«

James

Nur ein Blick auf ihre geröteten Wangen und ihre glasigen haselnussgrünen Augen, und ich wusste, welche schmutzigen Gedanken die kleine Mia hatte, die sie alle paar Sekunden auf ihrem Stuhl herumrutschen ließen. Es war ablenkend zu sehen, wie sie ihre Beine übereinander schlug und wieder lockerte, wobei ihr karierter Rock auf ihrem

Oberschenkel nach oben rutschte. Es ließ mich meine Finger zu einer Faust ballen, um ihr nicht eine Standpauke zu halten, denn ihre männlichen Klassenkameraden konnten ihre Augen nicht von der entblößten Haut lassen.

Aber ich hatte versprochen, ein guter Lehrer zu sein, ein besserer Freund für Clyde, und ich hatte den Vertrag unterschrieben, so darauf bedacht, jungen Köpfen die Kunst des Designs beizubringen.

Egal wie eifersüchtig ich war, egal wie verführerisch die Ablenkung war, egal wie meine Hände danach juckten, unter ihren Rock zu schlüpfen und sie dafür zu tadeln, dass sie ihre Unterwäsche ruinierte – es war *falsch*.

Sie war siebzehn Jahre alt und, noch schlimmer, die Tochter meines Freundes.

Clyde Miller war einer meiner ersten Kunden, als ich als Praktikant in die Welt des Designs einstieg. Er muss Potenzial in mir gesehen haben. Das war der einzige Grund, warum er mir geholfen hatte, mir sogar Geld aus eigener Tasche lieh, als ich mir nichts anderes als Eier oder Reis leisten konnte. Ganz zu schweigen davon, dass er mir seit jener Nacht beharrlich freundlich gegenüber war.

Also hatte ich die weise Entscheidung getroffen, mich auf das Unterrichten zu konzentrieren und die Fragen der Schüler zu beantworten. Selbst als sie ihre Hand hob, eine dunkle verirrte Strähne hinter ihr Ohr steckte und mich mit ihrer süßen Stimme nach der Drei-Punkt-Perspektive fragte.

Zum Glück klingelte es, kündigte das Ende der Stunde an, und es war amüsant zu sehen, wie alle anfingen, ihre Taschen zu packen, Jungs stießen ihre Fäuste gegen meine, als ob ich einer von ihnen wäre, bevor sie aus dem Klassenzimmer gingen und johlten.

Ah, erinnert mich daran, wie laut ich als Teenager war.

»Miss Miller«, rief ich ihr zu, als sie mit ihrer Freundin an meinem Schreibtisch vorbeiging, die ihre Augen auf mich verengte. Sie kam aus altem Geld. Das konnte ich auf einen Blick erkennen, aber das war mir scheißegal. »Ich dachte, Sie wüssten bereits über alle drei Perspektiven Bescheid.«

Mias Augen weiteten sich ein wenig, bevor sie mir mit einem unschuldigen Ausdruck auf ihrem Gesicht entgegentrat, ihre Notizen in den Händen. »Das weiß ich, aber ich wollte Sie testen, Mister Fox. Ich hoffe, Sie haben einen wunderbaren ersten Tag an der Saint Helena Academy.«

Ich behielt sie im Auge, während sie mit ihrer Freundin wegging, über irgendetwas lachte und mich allein im Klassenzimmer ließ, mit einem Stich von Erregung und Schuld.

Ich schloss meine Augen, atmete tief durch und löschte die schmutzigen, verderblichen Gedanken aus meinem Kopf. Sie waren nur das, *Gedanken*.

Leere Wünsche und nichts mehr.

Ich bekam einen Ping auf meinem Handy und schaute mir die Nachricht an. Ich atmete scharf aus, als ich einen Text von Clyde Miller sah.

Clyde: Viel Glück an deinem ersten Unterrichtstag! Wie Mia sagen würde: ‚Geh und hol dir was.'

Dankeschön, aber um Gottes Willen, bitte wiederhole – oder tippe diesen Satz nie wieder.

Clyde: Yeet

-_-

Clyde: XD Gottem

Ich habe noch ein paar Unterrichtsstunden, also bis dann, alter Mann.

Clyde: Ay, vergiss das heutige Abendessen nicht!

Meine Brauen runzelten sich, und ich musste in meiner Kalender-App nachsehen, dass ich meinen Abend mit »Abendessen @ Millers Haus - Geschenk« von vier bis acht Uhr abends blockiert hatte.

Scheiße, ich muss auch noch die Geschenke besorgen.

Mit ihnen jede zweite Woche oder jeden Monat zu Abend zu essen, hatte begonnen, seit ich Clyde kennengelernt hatte, aber ich hatte es vermieden, zu seinem Haus zu gehen. Es gab eine kurze Pause von ein paar Jahren, als ich ins Ausland ging, um mein Wissen über grünes Engineering zu erweitern und an ein paar Projekten zu arbeiten, aber wir hatten unsere Abendessen-Rituale seit letztem Jahr wieder aufgenommen. Entweder besuchte ich sie oder sie besuchten mein Haus. Geschenke waren optional, aber wir schätzten gerne Alkohol und Bücher mit irgendeiner Art von Dessert, da sowohl Clyde als auch seine Tochter einen extrem süßen Zahn hatten.

Mein Handy vibrierte in meiner Hand, und ich warf einen Blick auf die kommende Nachricht von ihm.

Clyde: Nach deiner fehlenden Antwort zu urteilen, hat entweder dein Unterricht begonnen, oder du hast das Abendessen vergessen.

Ich habe es nicht wirklich vergessen. Ich werde da sein, keine Sorge.

Immerhin habe ich nie ein einziges Abendessen oder Mittagessen mit ihnen verpasst.

* * *

Der erste Schultag endete mit einer kleinen E-Mail vom Dekan, der sicherstellen wollte, dass wir alle unser bestes Benehmen zeigten und Begeisterung für das Jahr an den Tag legten.

So viel Spaß es mir auch machte, den Schülern Design, Raum und Farben beizubringen, vermisste ich es, in meinem privaten Büro zu sein. Die Einsamkeit und Ruhe, die mit dem Entwerfen auf Blättern einherging, der raue, aber angenehme Klang des Bleistifts, der über das Papier glitt, und mein lauter Kopf voller Ideen, um den Traum meiner Kunden in die Realität umzusetzen.

Aber ich unterrichtete, teilte meine Geheimnisse mit jungen Köpfen, und ich wusste, dass es ihnen in ihrer Zukunft helfen würde. Ich musste nur unterrichten, bis der Vertrag endete.

Ich packte meine Notizen in die Aktentasche und schaltete das Licht in dem Büro aus, das die Schule mir angeboten hatte. Es war ein komfortabler Raum mit einer Couch, Schreibtisch und Stühlen, Bücherregalen, einem kleinen Lagerraum und sogar einem Badezimmer. In Anbetracht dessen, dass es eine Privatakademie war, kein Wunder, dass sie solche Luxusgüter auch den Lehrern anboten, zusammen mit ihrer hohen Bezahlung.

Ich erinnerte mich an meine öffentliche Schule und wie winzig das Lehrerzimmer war und dass sie kein eigenes Büro oder ein ganzes Gebäude für sich hatten. Man musste ins Erdgeschoss gehen und hoffen, dass der Lehrer nicht zu beschäftigt war, um einem mit seinen Zweifeln zu helfen.

»James.«

Ich hielt inne und schaute auf die dunklen Haare der vertrauten Gestalt. Ich nahm meine schwarze Brille ab und stellte mich neben sie. »Was machst du hier, Mia?«

Nach dem, was ich während der Lehrerorientierung erfahren hatte, kamen Schüler selten zum Lehrergebäude herüber, es sei denn, es war wirklich wichtig. Meine Augen fixierten ihr Gesicht, ihre Arme und Beine. Da ich keine blauen Flecken bemerkte, neigte ich meinen Kopf: »Hast du Schwierigkeiten?«

Verführerischer Lehrer

VORSCHAU VON DIRTY WILD SULTAN

NASRIN

Zain lachte, ein Lachen ohne jeglichen Humor, das mich erschaudern ließ. Er lehnte sich näher und meine Augen weiteten sich, als seine Lippen an meinen vorbeigingen und sich gegen mein Ohr drückten, während er flüsterte: »Ich will nicht wissen, warum du so schlecht von mir denkst, aber ich versichere dir, zukünftige *Frau…*« Ein Schauer der Lust rollte über meinen Rücken, als ich seine tiefe, samtige Stimme hörte, seine Lippen streiften meine Ohrmuschel, »dass du diejenige sein wirst, die mich anbettelt, dich zu berühren.«

Er hatte so recht, er hatte keine Ahnung.

Ich würde betteln. Für ihn. *Nur* für ihn.

Meine Augen waren verschleiert, als sie über seinen kraftvollen, schlanken Körper wanderten, die Muskeln seiner Oberarme bewegten sich, als er sich auf dem Hocker zurücklehnte. Ich drückte meine Zähne auf meine Unterlippe, die Luft um uns herum wurde dicker mit dem Dampf, exotischem Öl und seinem herben Cologne.

Ich traf seinen Blick. »Dann bitte ich dich, mich zu

berühren, Zain.« Ich schluckte den Kloß in meinem Hals herunter und fügte in einem leisen Flüstern hinzu: »Bitte.«

Seine Augen weiteten sich ein wenig vor Überraschung, und etwas Dunkleres durchströmte sie. Mein Herz klopfte laut, als ich erkannte, was es war. Pure Lust. Begierde. Wenn ich in der Badewanne zurückweichen könnte, würde ich es tun, denn sein Blick wurde raubtierhaft, und ich fühlte mich wie seine Beute. Nackt in der Badewanne, während er vollständig bekleidet war.

Ich beobachtete, wie er die obersten zwei Knöpfe seines dunklen Hemdes öffnete und die gebräunte Haut darunter enthüllte. Meine Zunge kam heraus, um meine Lippen zu befeuchten. Ein Hauch eines Grinsens streifte seine vollen Lippen, als er sagte:

»Spreiz deine Beine und zeig mir deine Fotze, Prinzessin.«

VORSCHAU VON DATIE NICHT DEINEN BESTEN FREUND

KIARA

»Wenn du mich nicht küssen willst, dann... lass uns schwimmen.«

»Ja, klar.«

»Nackt.«

»*Was?*«

»Ich wollte schon immer mal Nacktbaden ausprobieren.« Ich presste meine Lippen aufeinander und sagte: »Und ich will wirklich aus diesen Klamotten raus.«

Als ich darüber nachdachte, fühlte ich mich bei ihm nicht unsicher wegen meines Körpers. Ja, er hatte mich schon in Bikinis gesehen und war auch schon mal versehentlich reingeplatzt, als ich in Unterwäsche und BH gerade etwas auf meinen Post-it schrieb. Aber ich war nie unsicher darüber, was er von mir oder meinem Körper halten würde. Ich hatte zwar Dehnungsstreifen, aber die waren mir nicht unangenehm. Am meisten machte ich mir Sorgen um *mich selbst*. Wenn er nackt wäre und meine Hormone verrückt spielten, wusste ich nicht, ob ich mich zurückhalten und nicht über ihn herfallen würde.

Meine Güte, ich hörte mich in meinem Kopf so schlimm

an. Ganz zu schweigen davon, dass mein bester Freund der erste Typ sein würde, den ich je nackt sehen würde. *Toll gemacht, Kiara.*

Seine Stimme klang angespannt, als er sagte: »Was ist, wenn jemand *dich* ... mich, uns beide erwischt?«

Ich strich mir meine feuchten Haare über die Schulter. »Wir werden im Pool sein, Ethan. Und niemand kann uns vom Wohnzimmer aus sehen.« Ich grinste, als ich sagte: »Es sei denn, du willst mir beim Schwimmen zusehen, dann kannst du hier bleiben.«

Der Gedanke, dass Ethan mich mit seinen intensiven blaugrünen Augen beobachten würde, während ich nackt im Pool schwamm, sandte einen köstlichen Schauer durch meinen Körper.

Seine Augen verdunkelten sich und er schaute weg, wahrscheinlich dachte er das Gleiche, als ich eine rote Röte bemerkte, die seinen Hals hochkroch und seine Ohren und Wangen errötete. *Süß.*

Ich stichelte: »Komm schon, Ethan. Sei kein Feigling...«

»*Na gut.*«

Er stand auf, seine große Gestalt überragte mich. Ich vergaß, wie man atmet, als seine dunklen Augen mich durchbohrten und langsam an meinem Körper hinabwanderten, als hätte er alle Zeit der Welt. Seine Stimme war rau, als er sagte: »Zieh zuerst diesen Pullover aus.«

Ich hob meine Augenbraue angesichts des plötzlichen Wandels in seinem Verhalten.

Ethan sagte: »Du hast ein Kleidungsstück mehr an als ich.«

Ich grinste. »Wer sagt, dass ich Unterwäsche trage?«

Ich liebte, wie sich seine Pupillen vor Schock, Überraschung und dann vor brennendem Verlangen weiteten. Auf meine Lippen beißend, flüsterte ich: »Ich habe nur Spaß gemacht.«

Ich griff den Saum des Pullovers, zog ihn hoch und zog ihn aus. Ich strich mir die feuchten Haare glatt und erschauerte. Aber nicht wegen der kalten Luft.

Seine Augen wanderten zu meinen Brüsten hinab, die kaum von dem elfenbeinfarbenen Spitzen-Bralette bedeckt wurden. Da er nass war, konnte er leicht meine verhärteten Knospen erkennen, die um seine Aufmerksamkeit bettelten.

Wir überschritten gerade eine gefährliche Grenze. Und ich wusste, dass keiner von uns zurücktreten wollte.

»Du bist dran«, brachte ich flüsternd hervor.

EXKLUSIVER INHALT

Willst du mehr exklusiven Inhalt? Du kannst dich für Mahis Patreon anmelden, um exklusive Kurzgeschichten zu lesen!

Als Unterstützer erhältst du Zugang zu frühen Entwürfen, exklusiven VIP-Inhalten, gelöschten Szenen, gelöschten Kapiteln, Katzenbildern und DEINEN NAMEN in den Danksagungen meiner Bücher.

www.patreon.com/mahimistry

EBENFALLS VON MAHI MISTRY

Hast du sie alle gelesen?

Dominierende Begierden Serie

Verdrehter Therapeut: Liebesroman mit dem besten Freund des Bruders und Altersunterschied

Verführerischer Lehrer: Student-Lehrer/Bester Freund des Vaters Liebesroman mit Altersunterschied

Dominanter Bodyguard: Bodyguard/Vater des Ex Altersunterschied-Liebesroman

Milliardär Boss: Feinde zu Liebenden, Vorgetäuschte Beziehung, Altersunterschied-Romanze mit dem Bruder der besten Freundin

Freche Rebellen: Alleinerziehende Mutter, Biker, Ex-Freundes Mutter, MMF, Umgekehrter Altersunterschied Liebesroman

Sündiger Anzug: Milliardär-Anwalt Altersunterschied Liebesroman

Verführerische Herrscher von Azmia Serie

Schmutziger Wilder Sultan

Dreckig Heißer Prinz

Die verführerische Rebellenprinzessin

Charmanter gutaussehender Scheich

Verführerische Herrscher von Azmia (Komplettreihe Bücher 1–4)

Das Entfaltungs-Duett

Dein bester Freund ist tabu: Ein prickelnder Liebesroman über Freunde, die zu Liebenden werden

Date nicht deinen Ex-besten Freund: Eine zweite Chance Freunde-zu-Liebenden Romanze

Das entfaltende Duett: Vom Freund zum Liebhaber Romanze

Scanne für einfachen Zugriff auf alle meine Bücher:

DANKSAGUNGEN

Vielen Dank, dass du Verdrehter Therapeut gelesen hast.

Danke an alle meine Betaleser, meinen Lektor, Korrektor, ARC-Leser, Blogger und Buchliebhaber, Bookstagramer – ich hätte das ohne euch nicht geschafft. Besonders Anastasia Ant. Du bist ein kostbarer Edelstein und ich fühle mich sehr geehrt, dich als meine liebe Leserin und Freundin zu haben.

Danke an alle, die die ARC-Ausgabe dieses Buches angenommen und mir geholfen haben, dieses Buch mit der Welt zu teilen.

Wenn dir dieses Buch gefallen hat, vergiss bitte nicht, eine Rezension zu hinterlassen. Ich würde mich wirklich darüber freuen. Es hilft, mehr Leser wie dich zu finden, und sie sind sehr wichtig für Autoren!

ABOUT THE AUTHOR

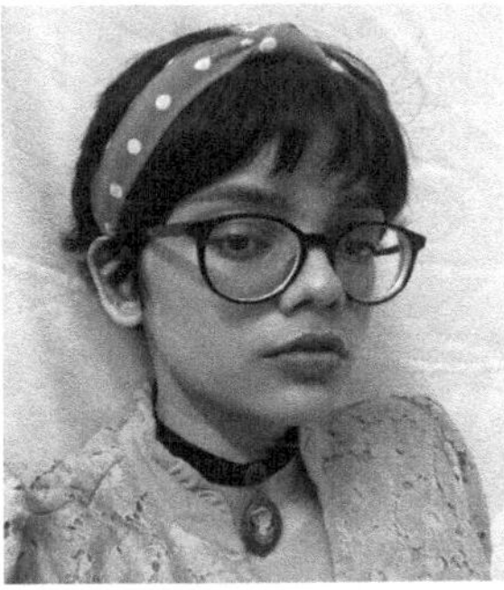

Mahi Mistry has been writing since she was in middle school. Soon, she fell in love with writing passionate, steamy romances. Her stories have elements of humor, suspense and character development. Mahi's main purpose in her life is to make one person happy every day, even if that is a stranger reading her book and rooting for the main couple or her cats by giving them extra treats.

She enjoys simple things in life, like spending time with her family and friends, cuddling with her cats, reading and writing drool-worthy characters while sipping on hot chocolate from the wineglass to validate herself that she is actually an adult. She is an avid reader of fantasy, romance and thriller books and thinks writing about yourself in third person is atrocious. She firmly believes that cats rule the world.

www.mahimistry.com

9 789334 309416

Printed at Repro India Ltd.